Paul
Féval

La Fabrique
de crimes

Préface

Voici déjà plusieurs années que les fabricants de crimes ne livrent rien. Depuis que l'on a inventé le naturalisme et le réalisme, le public honnête autant qu'intelligent crève de faim, car, au dire des marchands, la France compte un ou deux millions de consommateurs qui ne veulent plus rien manger, sinon du crime. Or, le théâtre ne donne plus que la gaudriole et l'opérette, abandonnant le mélodrame.

Une réaction était inévitable. Le crime va reprendre la hausse et faire prime. Aussi va-t-on voir des plumes délicates et vraiment françaises fermer leur écritoire élégante pour s'imbiber un peu de sang. La jeune génération va voir refleurir, sous d'autres noms, des usines d'épouvantables forfaits ! Pour la conversion radicale des charmants esprits dont nous parlions tout à l'heure, il faut un motif, et ce motif, c'est la hausse du crime. Hausse qui s'est produite si soudain et avec tant d'intensité que l'académie française a dû, tout dernièrement, repousser la bienveillante initiative d'un amateur qui voulait fonder un prix Montyon pour le crime.

Nous aurions pu, imitant de très loin l'immortel père de *don Quichotte*, railler les goûts de notre temps, mais ayant beaucoup étudié cette intéressante déviation du caractère national, nous préférons les flatter.

C'est pourquoi, plein de confiance, nous proclamons dès le début de cette œuvre extraordinaire, qu'on n'ira pas plus loin désormais dans la voie du crime à bon marché.

Nous avons rigoureusement établi nos calculs : la concurrence est impossible.

Nous avons fait table rase de tout ce qui embarrasse un livre ; l'esprit, l'observation, l'originalité, l'orthographe même ; et ne voilà que du crime.

En moyenne, chaque chapitre contiendra, soixante-treize assassinats, exécutés avec soin, les uns frais, les autres ayant eu le temps d'acquérir, par le séjour des victimes à la cave ou dans la saumure, un degré de montant plus propre encore à émoustiller la gaîté des familles.

Les personnes studieuses qui cherchent des procédés peu connus pour détruire ou seulement estropier leurs semblables, trouveront ici cet article en abondance. Sur un travail de centralisation bien entendu, nous avons rassemblé les moyens les plus nouveaux. Soit qu'il s'agisse d'éventrer les petits enfants, d'étouffer les jeunes vierges sans défense, d'empailler les vieilles dames ou de désosser MM. les militaires, nous opérons nous-mêmes.

1

En un mot, doubler, tripler, centupler la consommation d'assassinats, si nécessaire à la santé de cette fin de siècle décadent, tel est le but que nous nous proposons. Nous eussions bien voulu coller sur toutes les murailles de la capitale une affiche en rapport avec l'estime que nous faisons de nous-même ; mais notre peu d'aisance s'y oppose et nous en sommes réduits à glisser ici le texte de cette affiche, tel que nous l'avons mûrement rédigé :

> Succès, inouï, prodigieux, stupide !
> LA FABRIQUE DE CRIMES
> AFFREUX ROMAN
> Par un assassin

L'Europe attend l'apparition de cette œuvre extravagante où l'intérêt concentré au-delà des bornes de l'épilepsie, incommode et atrophie le lecteur !

Tropmann était un polisson auprès de l'auteur qui exécute des prestiges supérieurs à ceux de

LÉOTARD.

100

feuilletons, à soixante-treize assassinats donnent un total superbe de

7 300 victimes

qui appartiennent à la France, comme cela se doit dans un *roman national*. Afin de ne pas tromper *les cinq parties du monde*, on reprendra, avec une perte insignifiante, les chapitres qui ne contiendront pas la quantité voulue de *Monstruosités coupables*, au nombre desquelles, ne seront pas comptés les vols, viols, substitutions d'enfants, faux en écriture privée ou authentique, détournements de mineures, effractions, escalades, abus de confiance, bris de serrures, fraudes, escroqueries, captations, vente à faux poids, ni même les

ATTENTATS À LA PUDEUR,

ces différents crimes et délits se trouvant semés à pleines mains dans cette *œuvre sans précédent*, saisissante, repoussante, renversante, étourdissante, incisive, convulsive, véritable, incroyable, effroyable, monumentale, sépulcrale, audacieuse, furieuse et monstrueuse,

en un mot,

CONTRE NATURE,

après laquelle, rien n'étant plus possible, pas même la

Putréfaction avancée,

il faudra

Tirer l'échelle ! ! !

CHAPITRE PREMIER
Messa – Sali – Lina

Il était dix heures du soir…

Peut-être dix heures un quart, mais pas plus.

Du côté droit, le ciel était sombre ; du côté gauche, on voyait à l'horizon une lueur dont l'origine est un mystère.

Ce n'était pas la lune, la lune est bien connue. Les aurores boréales sont rares dans nos climats, et le Vésuve est situé en d'autres contrées.

Qu'était-ce ?…

Trois hommes suivaient en silence le trottoir de la rue de Sévigné et marchaient un à un. C'était des inconnus !

On le voyait à leurs chaussons de lisière et aussi à la précaution qu'ils prenaient d'éviter les sergents de ville.

La rue de Sévigné, centre d'un quartier populeux, ne présentait pas alors, le caractère de propreté qu'elle affecte aujourd'hui ; les trottoirs étaient étroits, le pavé inégal ; on lui reprochait aussi d'être mal éclairée, et son ruisseau répandait des odeurs particulières, où l'on démêlait aisément le sang et les larmes…

Un fiacre passa. Le *Rémouleur* imita le sifflement des merles ; le *Joueur d'orgue* et le *Cocher* échangèrent un signe rapide. C'était Mustapha.

Il prononça quatre mots seulement :

– Ce soir ! Silvio Pellico !

Au moment même où la onzième heure sonnait à l'horloge Carnavalet, une femme jeune encore, à la physionomie ravagée, mais pleine de fraîcheur, entrouvrit sans bruit sa fenêtre, située au troisième étage de la Maison du Repris de justice. Une méditation austère était répandue sur ses traits, pâlis par la souffrance.

Elle darda un long regard à la partie du ciel, éclairée par une lueur sinistre et dit en soupirant :

– L'occident est en feu. Le Fils de la Condamnée aurait-il porté l'incendie au sein du château de Mauruse !

Un cri de chouette se fit entendre presqu'aussitôt sur le toit voisin et les trois inconnus du trottoir s'arrêtèrent court.

Ils levèrent simultanément la tête, – en tressaillant !

Le premier était bel homme en dépit d'un emplâtre de poix de Bourgogne qui lui couvrait l'œil droit, la joue, la moitié du nez, les trois quarts de la bouche et tout le menton. À la vue de cet emplâtre d'une dimension inusitée, un observateur aurait conçu des doutes sur son identité. Rien, du reste, en lui, ne semblait extraordinaire. Il marchait en sautant, comme les oiseaux. Son vêtement consistait en une casquette moldave et une blouse, taillée à la mode garibaldienne. La forme de son pantalon disait assez qu'on l'avait coupé dans les défilés du Caucase. Il n'avait point de bas, ni de décorations étrangères.

Sous sa blouse, il portait un cercueil d'enfant.

Le second, plus jeune et vêtu comme les marchands de contremarques, avait en outre des lunettes en similor, pour dissimuler une loupe considérable qui déparait un peu la régularité de ses traits.

Le troisième et dernier, doué d'une physionomie insignifiante en apparence, mais féroce en réalité, portait la livrée des travailleurs de la mer, sauf l'habit noir et la cravate blanche. Le reste de son costume consistait en un gilet de satin lilas et un pantalon écossais.

Évidemment, ils avaient adopté tous les trois ces divers travestissements pour passer inaperçus dans la rue de Sévigné.

Quels étaient leurs desseins ?

Il était facile de reconnaître à première vue, malgré le masque de tranquille indifférence attaché sur leur visage que c'était trois malfaiteurs intelligents et endurcis.

À l'instant où ils levaient les yeux vers le toit d'où le cri de chouette venait de ***ber, une fusée volante s'alluma et décrivit dans les airs une courbe arrondie.

– C'est le signal ! dit le premier inconnu.

– La route est libre, ajouta le second, rien n'arrêtera nos pas.

Le troisième conclut :

– Mort aux malades du docteur Fandango !

La fenêtre du troisième étage se referma avec précaution et Mandina de Hachecor, l'amante du gendarme (car c'était elle), pensa tout haut :

– Mustapha tarde bien ! si le Fils de la Condamnée a réussi, tout n'est pas encore perdu !

Elle disparut après avoir jeté un dernier regard à la lueur lointaine qui rougissait la portion occidentale du ciel.

Les trois inconnus, cependant, s'étaient retournés au son de leurs propres voix et groupés en rond d'un air impassible.

L'école du danger leur avait appris à contenir l'expression de leurs craintes et de leurs espérances.

Tout le monde dans Paris, sait quelle est la grandeur des véhicules de l'ancienne Compagnie Richer, appartenant aujourd'hui à MM. Lesage et Cie, industriels de la Villette. Une de ces voitures, si propres par leur taille,

4

à cacher des armes prohibées, des trappes et des double fonds, ainsi qu'à dissimuler des conspirateurs, était arrêtée devant le trottoir. Elle abritait momentanément nos trois inconnus contre tous les regards.

Ils s'examinèrent l'un l'autre minutieusement.

– Messa ! prononça avec mystère celui qui était bel homme en dépit d'un emplâtre de dimension inusitée.

– Sali ! fit le second.

– Lina ! acheva le troisième.

Gringalet, l'enfant naturel de l'huissier de la place des Vosges, entendit ces trois étranges locutions. Il les réunit, les dédoubla et dit en lui-même :

– Ça fait Messalina !

C'était un impubère vif, grêlé, gracieux, rieur et bancroche comme tous les gamins de Paris.

À la voiture de vidange à air comprimé, trois grands chevaux percherons étaient attelés.

Gringalet, souple comme un serpent, eut l'idée de se glisser entre la queue et la croupe de l'un de ces animaux.

Une fois installé là, convenablement, il prêta l'oreille. Sa curiosité était éveillée. Son intelligence précoce l'avertissait que ce nom coupé en trois était le symptôme d'une situation saisissante.

En effet, celui qui avait prononcé le mot Messa, tendit ses mains aux deux autres. Ils échangèrent aussitôt plusieurs signes maçonniques, connus d'eux seuls. Après quoi Sali tira de son sein un pli scellé aux armes de Rudelame de Carthagène, anciens seigneurs du pays, ruinés par des cataclysmes, et Lina montra une bouteille, bouchée à l'aide d'un parchemin vert.

– Dix-huit ! prononça-t-il à voix basse.

– Vingt-quatre ! répliqua Sali.

– Trente-trois ! gronda Messa d'un accent caverneux : tous clients du docteur Fandango !

– Tous clients du docteur Fandango ! répétèrent Sali et Lina.

Gringalet croyait rêver.

Messa poursuivit, en soulevant un peu son emplâtre pour respirer plus commodément l'air de la nuit :

– Total général soixante-treize ! c'est notre compte.

Les deux autres firent écho, répétant :

– Soixante-treize ! c'est notre compte.

Et Messa avec une gaieté farouche ajouta :

– M. le duc sera content, je lui en apporte un petit par-dessus le marché.

En même temps, il frappa le cercueil d'enfant, qui rendit un son lugubre.

Gringalet comprenait vaguement.

La moelle de ses os se figeait dans ses veines !

– C'est donc bien vrai ! ce que disent les romans à un sou, pensa-t-il. Paris contient d'épouvantables mystères !

Ces inconnus sont peut-être les trois Pieuvres mâles de l'impasse Guéménée.

Sa voix s'arrêta dans son gosier, tout son corps trembla.

Si c'était vrai, une simple queue de cheval percheron le séparait d'un trépas inévitable.

Sali, cependant, toucha son pli, scellé d'armes nobiliaires et murmura :

– Le Fils de la Condamnée nourrit des projets. M. le duc nous convoque pour cette nuit dans les galeries qui s'étendent sur le fleuve.

– C'est bien, dit Messa. Depuis la dernière assemblée, trois cents et quelques squelettes nouveaux ornent ces souterrains, dont Paris, ville de plaisirs insouciants, ne soupçonne pas même l'existence.

– Cette nuit, fit Sali avec un sarcasme cruel, il s'agit de la jeune et belle Elvire.

Un triple éclat de gaieté sinistre ponctua cette communication et Lina, débouchant sa bouteille de fer-blanc, ajouta :

– Donnez vos fioles ; pendant que la voiture de vidange à air comprimé nous protège contre tous les regards, je vais faire la distribution de *l'élixir funeste* !

CHAPITRE II
La machine infernale

Gringalet avait lu un grand nombre de romans criminels. Il n'était pas sans connaître les innombrables et horribles dangers que Paris dissimule sous le riant manteau de ses fêtes.

Mais à onze heures du soir, dans la rue de Sévigné, une distribution d'élixir funeste, destiné sans nul doute à décimer les populations ! ceci dépassait toutes les bornes !

Pour lui démontrer qu'il n'était pas le jouet d'une vaine illusion, il fallut un fait matériel.

Au moment où Lina enlevait le parchemin qui fermait sa bouteille, afin de remplir les fioles de ses deux complices, une odeur se répandit dans l'atmosphère, une odeur indéfinissable et si pénétrante que les trois Pieuvres mâles, malgré l'habitude invétérée qu'ils avaient de cet aromate, éternuèrent à l'unanimité.

Gringalet en eut envie, mais il se contint, craignant de dévoiler sa présence. En dépit de sa jeunesse, il avait de la perspicacité. Loin de se laisser abattre par la position précaire qu'il occupait entre la croupe et la queue du cheval, il se mit à fixer dans sa mémoire le nom à compartiment des trois inconnus : Messa, Sali, Lina et les divers détails de cette scène inconcevable afin de les révéler au docteur Fandango qui était son bienfaiteur et son parrain.

En effet, l'huissier de la place des Vosges, dont il avait le malheur d'être le fils illégitime, l'avait abandonné dès sa plus tendre enfance aux soins du hasard.

Nous n'aimons pas les digressions, mais nous déclarons qu'un homme comme il faut ne doit jamais détailler le fruit de ses débauches, surtout lorsqu'il est officier ministériel.

Messa et Sali, cependant, avaient atteint chacun une fiole en métal d'Alger qu'ils portaient, attachée à leur chaîne de montre. Lina emplit les flacons et dit avec une horrible ironie :

– Voilà de quoi meubler le charnier de l'arche Notre-Dame !

– Silence ! ordonna Messa qui semblait avoir sur les deux autres une autorité morale. Nous avons une position agréable chez M. le duc. Ne la perdons pas par de puériles étourderies. Bien des oreilles nous guettent, bien des yeux nous observent. Nous avons contre nous, outre les agents du pouvoir, toutes les créatures du docteur Fandango : le Joueur d'orgues, le Rémouleur, et surtout Mustapha qui dissimule, sous sa profession de cocher de fiacre, une naissance féodale et une éducation de premier ordre. Nous avons Mandina de Hachecor qui s'est faite femme coupable pour nous épier. Bien plus, dans cet unique but, elle a même accueilli l'amour d'un simple gendarme ! La multiplicité de nos ennemis commande une circonspection croissante. M. le duc n'est pas estimé dans son quartier. Toi, Carapace, sais-tu comment on nomme la demeure, ici près ? on l'appelle la Maison du Repris de justice ! Toi, Arbre-à-Couche, tu passes pour avoir été mal guillotiné ! Moi-même, je n'ai pas conservé au nom de Boulet Rouge toute la considération dont l'avaient entouré mes ancêtres. Ainsi donc, soyons muets comme des soles normandes, et pour le vain plaisir de faire des mots, ne risquons pas notre aisance !

Comme tous les braves, le célèbre Boulet-Rouge, l'homme à l'emplâtre, avait de ces aphorismes et parlait avec facilité ; ses compagnons, moins lettrés, restaient sous le charme de sa faconde et oubliaient d'ouvrir l'œil de lynx.

Gringalet, au contraire, dans l'intérêt de son bienfaiteur le docteur Fandango, était tout oreilles. Il classait dans sa jeune mémoire, avec soin, les renseignements obtenus. Ainsi donc, le véritable nom de Messa était Boulet-Rouge ; Lina s'appelait Carapace ; Sali se nommait Arbre-à-Couche et devait avoir au cou le vestige particulier à la guillotine. Tous trois possédaient un élixir farouche et travaillaient pour un charnier inconnu du vulgaire.

Hier encore, Gringalet n'était qu'un enfant naturel, vendant les listes des loteries autorisées, ou ouvrant la portière des fiacres, à l'entrée des lieux de réjouissance, tels que spectacles, bals et restaurants ; aujourd'hui, la connaissance de tant de secrets le mûrissait de plusieurs lustres.

Il se cramponnait à son poste bien qu'il en sentît les inconvénients.

Cette nature abrupte, mais dévouée, préférait sa cachette incommode à un lit de roses, où il ne lui eut pas été donné de se rendre utile, il voulait mettre un terme aux soixante-treize meurtres quotidiens qui désolaient la France.

Ces caractères se font très rares.

Les trois Pieuvres mâles de l'impasse Guéménée (puisque nous connaissons désormais leur position sociale), avaient d'excellents motifs pour causer en toute sécurité sur le trottoir de la rue de Sévigné. Outre la voiture, déjà nommée, qui les isolait de la chaussée, sur les toits de la Maison du Repris de justice, une sentinelle active surveillait pour eux les alentours, prête à signaler le moindre danger à l'aide d'une fusée volante.

C'était Tancrède, dit Chauve-Sourire, parce que les sourcils lui manquaient, ex-enfant de chœur de Saint-Eustache, congédié pour abus de burettes. Il était le neveu propre de Dinah Tête-d'Or, concubine d'Arbre-à-Couche. Il aurait pu passer pour incorruptible, sauf sa bouche, sur laquelle il était porté.

Nous avons besoin de poser ces détails, en apparence indifférents, pour rendre compréhensible la catastrophe vraiment neuve qui va clore ce second chapitre.

À onze heures treize minutes, Mandina de Hachecor, « l'Escarboucle de Charenton-le-Pont » comme l'appelait Brissac son gendarme et son esclave, ouvrit avec précaution la porte du réduit modeste où elle abritait son talent et sa beauté. Vous n'auriez pu la voir sans l'aimer ; elle portait son galant déshabillé de nuit et tenait à la main une carafe de cassis et un verre à patte.

Elle monta deux étages. Tout en haut de l'escalier, elle passa sa tête charmante à une lucarne qui donnait sur le toit, et d'une voix douce elle appela Tancrède, surnommé Chauve-Sourire.

Celui-ci veillait. Il avait soif, comme toujours et reconnut bien la voix douce qui l'avait appelé plus d'une fois déjà pour lui offrir du vespétro ou de l'anisette, car Mandina appartenait au docteur Fandango et ne reculait devant aucun sacrifice pour servir les intérêts de cet homme remarquable.

Tancrède vint, Mandina lui offrit un verre de cassis, puis, usant des innocentes séductions de son sexe, elle l'entraîna dans sa chambre où elle l'enferma à double tour, en ayant soin de mettre aussi le verrou et plusieurs barres de fer très solides.

Dès lors, Messa, Sali et Lina manquaient de factionnaire. Leur sécurité devenait chimérique.

Mandina avait ses projets. Elle se coiffa d'un chapeau de bergère, ôta sa crinoline et mit un faux nez. Ainsi travestie, elle descendit l'escalier quatre à quatre. En descendant et par surcroît de précaution, elle posa sur son faux nez, une paire de lunettes vertes, propriété d'un jeune écrivain déjà célèbre qui portait ombrage à Brissac. Il avait tort. On peut avoir sur soi les lunettes vertes d'un jeune homme dépourvu d'aisance, sans pour cela manquer aux lois de l'honneur.

Parvenue au rez-de-chaussée de la Maison du Repris de justice, Mandina de Hachecor enfila l'allée et se glissa comme un vent coulis derrière les trois Pieuvres mâles qui causaient toujours. Boulet-Rouge la vit, il avait un œil d'aigle, mais, trompé par son déguisement, il la prit pour un bas-bleu.

Mandina franchit la chaussée et s'élança sur le trottoir opposé où se trouvaient également trois hommes, bien différents de Messa, Sali, Lina.

Peu de personnes ont eu connaissance de cette grande lutte entre le duc de Rudelame-Carthagène et le docteur Fandango. L'autorité étendit un voile prudent sur ces horribles massacres, afin de ne point effrayer les touristes qui sont la fortune de Paris.

De même que les trois Pieuvres mâles de l'impasse Guéménée étaient soudoyés par le duc, de même les trois belles et robustes natures, rassemblées sur le trottoir opposé travaillaient pour Fandango.

C'était Pollux, le joueur d'orgues, Castor, le rémouleur et Mustapha, le conducteur de citadine.

Tous trois déguisés en hommes du peuple !

Remarquez ceci : Jadis les gens du peuple se déguisaient en grands seigneurs pour faire leurs méchants tours ; aujourd'hui, depuis que le roman coupable dispose des doubles fonds de Paris, les gens de qualité se mettent en voyous pour pouvoir pénétrer dans tous ces souterrains où grouille le crime. C'est un échange fait entre l'auvergnat à cinq centimes et l'habit noir à un sou.

Mandina ôta d'un geste rapide son faux nez avec ses lunettes ; elle arracha son chapeau de bergère. Il ne lui manquait désormais que sa crinoline.

– Paris ! dit-elle, craignant de n'être pas reconnue.

– Palmyre ! répondirent les trois bons cœurs.

Puis, mademoiselle de Hachecor leur demanda avec énergie :

– Vous ai-je suffisamment prouvé que je suis Mandina, la fille du grand chef des Ancas ! l'Escarboucle de Charenton-le-Pont ?

– Oui ! répondit Mustapha, tu as notre confiance, parle.

Il se permit en même temps un geste régence autant qu'indiscret, car il aimait les dames. Sans cela, il eut été parfait. Mandina le repoussa avec décence et dit :

– J'ai examiné le ciel avec soin ; une lueur a paru du côté de Mauruse où s'est écoulée mon enfance.

Pollux, Castor et Mustapha se regardèrent sans frémir.

– Que Dieu protège le Fils de la Condamnée, murmura le chœur des belles natures.

Et tous se serrèrent la main d'une façon particulière.

Mandina, contenant son émotion, prit une pose plus saisissante.

– Ces voitures gigantesques, poursuivit-elle en montrant le véhicule, de MM. Lesage et Cie, sont propres à cacher tous les forfaits.

– Contient-elle des animaux dangereux ? demanda vivement Mustapha.

S'il n'avait pas d'épée, à cause de son métier civil, néanmoins il était digne d'en porter une. Mandina eut un sourire amer.

– Je ne sais, répondit-elle, je ne fais pas allusion au dedans, mais au dehors ; sur le trottoir qui vous fait face, et à l'abri de cette volumineuse machine, j'ai vu réunis : Carapace, l'homme à l'élixir funeste ; Arbre-à-Couche, le secrétaire du duc et Boulet-Rouge, l'assassin du cent-garde !

Castor, le rémouleur, grinça aussitôt les dents. Ce n'est pas étonnant, le cent-garde était son propriétaire.

Mustapha mesurait déjà de l'œil la voiture de vidange. Il était dans son caractère de la franchir, au lieu d'en faire le tour.

– Boulet-Rouge, ajouta Mandina, a sous sa chemise le cercueil de l'enfant !...

Un cri d'horreur s'éleva de toutes les poitrines.

Les vidangeurs, cependant, achevaient leur besogne. On avait vidé et purifié la modeste fosse d'aisance de la Maison du Repris de justice, dont le rez-de-chaussée était occupé par deux industriels brevetés : un marchand de cirage inoffensif pour la chaussure et un commerçant en colle de poisson.

Pollux, Castor, Mandina et Mustapha se rapprochèrent les uns des autres si étroitement que leurs haleines se confondirent.

Elles n'étaient pas toutes agréables.

Mandina parlant d'une voix creuse et avec des inflexions étranges disait :

– L'amadou à l'usage des fumeurs est une des plus récentes inventions de ce siècle qui marche d'un pas sûr vers le progrès matériel. Il a produit le télégraphe électrique et la photographie, sans parler d'autres merveilles qu'il serait trop long d'énumérer dans des circonstances aussi graves. Plus récemment encore, il a produit, toujours pour l'usage des fumeurs, ce petit briquet étonnant avec lequel on parvient à enflammer les allumettes de la régie. J'en possède un. Il suffirait de se glisser jusqu'à cette voiture énorme, de présenter avec adresse à l'ouverture du robinet d'arrivée une allumette préalablement enflammée... L'esprit s'étonne de ce qui arriverait !

Les compagnons de Mandina éprouvèrent un malaise, excepté Mustapha dont l'esprit résolu et subtil était fait pour comprendre les avantages incalculables de cette combinaison.

– Je l'oserai ! prononça-t-il avec un geste intraduisible. Si ma mère me voit du haut des cieux, elle appréciera les motifs de cette démarche. C'est le seul moyen honnête que nous ayons pour débarrasser l'Europe civilisée de ces trois Pieuvres mâles.

Mandina, pour cette bonne réponse, lui confia aussitôt sa main à baiser. Castor et Pollux approuvèrent la résolution de Mustapha. Celui-ci, pâle d'émotion, mais gardant aux pommettes cette tache rouge qui indique la phtisie galopante, reçut de mademoiselle de Hachecor, le briquet récemment inventé. Muni de cette arme incendiaire, il se coula comme un tigre vers la voiture de vidange.

Les employés allaient justement fermer les robinets. Une minute de plus et l'entreprise était manquée.

Messa, Sali et Lina avaient fini de parler affaire ; ils se préparaient à partir en fredonnant des chants patriotiques.

Mustapha était beau à voir au moment où par des prodiges de patience, il réussissait à enflammer une récalcitrante allumette de l'impôt. Aucun signe de crainte ne se manifestait en lui, sinon un tremblement général et bien naturel. Il approcha la préparation chimique du robinet en murmurant :

– Ô ma mère !…

L'effet se fit un peu attendre ; mais pour n'être pas instantané, il n'en fut pas moins remarquable. Une explosion majestueuse et pareille à plusieurs coups de tonnerre, fit trembler le sol, jusqu'à la rue Saint-Antoine, située non loin de là. Toutes les vitres de la rue de Sévigné, sans en excepter une seule, furent mises en pièces. Quelques pavés même, furent déchaussés comme des dents malades.

Une odeur nauséabonde et infectante se répandit dans l'air. Les maisons de la rue du sinistre furent maculées du sol au faîte et les ruisseaux roulèrent des flots de déjections putrides et asphyxiantes.

Mais là, ne se bornèrent pas les dégâts.

Soixante-treize personnes des deux sexes et de tout âge, trouvèrent la mort dans cette combinaison qui leur était absolument étrangère. Outre la corruption fétide, le ruisseau déversa dans l'égout des flots de sang, tandis que la chaussée était jonchée de lambeaux humains en différents endroits. Les amis, les parents, les domestiques vinrent pendant toute la journée du lendemain reconnaître dans ce rouge fouillis, les morceaux de ceux qui leur étaient chers. C'était horrible, mais intéressant. Paris tout entier, voulut voir cela, et il vint des gens de province en quantité. Les différentes administrations de chemins de fer avaient eu l'excellente idée d'improviser des trains de plaisir.

Anticipant sur les évènements, nous dirons ici que par les soins de l'autorité, ce hachis humain, ces rillettes de cadavres mélangés à la vidange, ne tardèrent pas à mettre la peste noire dans le quartier. Le nombre des victimes de cette cruelle maladie n'est pas venu à notre connaissance, la préfecture de police en garda le secret avec un soin jaloux ; mais il fut tellement considérable que 232 familles aisées émigrèrent à Versailles, ville autrefois royale, qui gagne maintenant son pain à faire croire qu'elle a passé un traité avec les épidémies.

Telles peuvent être les suites des briquets à l'usage des fumeurs. Et chaque fois que vous détournez une institution de son but, vous pouvez vous attendre à des désastres semblables.

Revenons sur nos pas : quelques détails de la catastrophe pourront réjouir les dames.

Il ne restait plus vestige de la voiture de vidange. Le conducteur, les employés avaient été réduits en poussière impalpable ainsi que les trois chevaux percherons.

C'est ici le lieu de répondre à une lettre anonyme, fruit de la malveillance, qui nous demande comment le malheureux produit de l'incontinence d'un huissier, Gringalet, avait pu trouver un abri commode entre la croupe et la queue d'un cheval.

À quoi servent ces plates objections ? Qu'opposer à un fait ? Nous méprisons les lettres anonymes. Tel est notre réponse.

D'ailleurs, Gringalet était de petite nature. Il avait eu occasion de rendre un service futile au percheron... Bref, le percheron s'était prêté à la chose.

De ce cheval percheron, en particulier, il ne resta qu'une dent de la mâchoire inférieure. Gringalet, parvenu plus tard aux honneurs, la fit monter en épingle pour témoigner du miracle qui préserva ses jours. Sa dame la porte.

Deux brevetés, le marchand de cirage et le commerçant en colle furent foudroyés sur la porte de leur maison. Ils étaient ennemis, en qualité de voisins : le trépas les réunit. Seize jeunes enfants revenant de l'école à cette heure avancée, par suite d'un gala qui avait célébré le jour de naissance de la pension Tricot, furent massacrés péniblement. Deux amoureux qui causaient, le mari qui les guettait, et la fille de la maison qui profitait de la circonstance pour risquer sa première équipée, reçurent la mort également.

Enfin, ils étaient soixante-treize, pas un centimètre humain de moins.

Un fait curieux et qui rappelle l'aventure historique du fameux docteur Guillotin, tué par sa propre découverte, c'est que M. et madame Fabrice, brevetés, inventeurs du briquet, furent trouvés au nombre des victimes. Ils étaient dans la force de l'âge, et ils s'aimaient.

Bien entendu, nous ne faisons entrer dans ce fatal chiffre de 73, ni les chiens, ni les chats, ni les animaux secondaires.

Quant aux personnages de notre histoire, un instant avant l'explosion, Gringalet avait quitté son poste d'observation. Pourquoi ? Parce que Messa, Sali et Lina avaient cessé leur conférence pour chanter. Gringalet n'aimait pas la musique.

Ne l'en blâmez pas, ce fut son salut. Au moment même de l'explosion, on avait pu voir mademoiselle de Hachecor, le Rémouleur et le Joueur d'orgues se plonger dans une allée sombre qui faisait face à la Maison du Repris de justice, tandis que Mustapha, plus rapproché de la machine infernale, disparaissait dans un tourbillon de flamme et de fumée. Mustapha fut projeté avec une violence excessive jusqu'à la rue du Parc Royal où se termine la rue de Sévigné. Arrivé là, il eut la présence d'esprit de se tâter, car il croyait être mort. Rien ne lui manquait, sinon une oreille emportée par la roue de la voiture à vidange. Il revint en arrière pour la chercher, mais l'obscurité l'empêcha de la rencontrer.

Pendant cela, Mandina et ses deux compagnons montaient un escalier étroit, situé au fond de l'allée sombre. Ils comptèrent cent seize marches et s'arrêtèrent devant une petite porte qui avait je ne sais quoi d'énigmatique.

13

Mandina mit un doigt sur sa bouche et dit :

– C'est là ! J'ai compté !

– Frappez, répliqua Pollux, vous connaissez la façon convenue.

La fiancée du gendarme obéit ; elle frappa quinze coups, ainsi, espacés, 5, 4, 3, 2, 1.

Derrière la porte, on entendit un faible bruit...

– Qui vive ? demanda une voix imposante et cassée.

Le Rémouleur répondit :

– Les Malades du docteur Fandango !

Une clef grinça dans la serrure et la porte laissa voir en s'ouvrant une noble tête de vieillard.

C'était Silvio Pellico !

CHAPITRE III
Les jardins de Babylone

Il nous reste à dire ce qui advint des trois personnages chargés de crimes, contre lesquels était dirigée la machine infernale : Messa, Sali, Lina, Boulet-Rouge, Arbre-à-Couche et Carapace, autrement dit : les trois Pieuvres mâles de l'impasse Guéménée.

Quand la voiture chargée de gaz délétère éclata, leur première pensée fut de fuir, car jamais vous ne trouverez le vrai courage dans l'âme des traîtres de mélodrame, mais ils n'en eurent pas le temps. Ils étaient, pour ainsi dire, au centre de l'explosion qui les surprit de la façon la plus fâcheuse. Les gaz, prenant de l'air, avec une fureur inouïe, les saisirent tous trois ensemble, les soulevèrent, les firent tournoyer dans l'espace comme des brins de paille, et les lancèrent à trente-deux mètres au-dessus de la maison.

Tancrède, dit Chauve-Sourire enfermé dans la chambre de Mandina, les vit passer devant la fenêtre avec une vitesse de projectiles. Il put croire que tout était fini pour eux : juste châtiment de leurs trop nombreuses faiblesses.

Mais, parvenus à trente-deux mètres au-dessus du toit, leur pesanteur spécifique, combattant la force de projection, détermina une triple bascule, qui s'exécuta simultanément ; puis, après être restés un millième de seconde stationnaires dans l'infini, Messa, Sali et Lina commencèrent à tomber avec une vitesse graduée, triplée par le carré des distances parcourues, ou peut-être par le carré de leurs poids. Bref, c'est à vérifier.

Quoi qu'il en soit, ils étaient bel et bien flambés. Chauve-Sourire qui les vit à travers les vitres brisées, repasser comme trois boulets de canon leur cria :

– Il m'est impossible d'allumer la fusée volante : méfiez-vous !

Avertissement inutile et tardif.

Mais il y a en ce monde des choses bien bizarres. Ce que nous allons raconter est peut-être trop hardi. Que voulez-vous que nous y fassions ? Les invraisemblances produisent des situations renversantes.

À l'étage au-dessous de la chambre de Mandina, momentanément habitée par Tancrède, il y avait un balcon. En passant près de ce balcon, les trois Pieuvres mâles qui fendaient l'air côte à côte, dans des attitudes diverses, étendirent leurs bras par un mouvement machinal. Leurs mains rencontrèrent la grille du balcon et s'y accrochèrent avec la ténacité du désespoir.

La grille fléchit sous leur triple poids, mais elle tint bon, en définitive, et ils se trouvèrent suspendus entre le trottoir et le ciel.

Ils étaient un peu étourdis, quoiqu'ils eussent l'habitude des émotions fortes et pénétrantes. Au-dessous d'eux, tout était silence, car la foule des curieux n'avait pas eu le temps de se masser sur le lieu du sinistre.

La première voix qu'ils entendirent appartenait à un sergent de ville, qui disait, modérant la fougue des premiers curieux :

– Tout le monde verra. Pas d'encombrement. En voilà une histoire !

Boulet-Rouge ouvrit enfin les yeux, et voyant la situation de ses deux collègues, Arbre-à-Couche et Carapace, il devina la sienne propre et pensa :

– Ce balcon a été notre ange sauveur !

– Où suis-je ? demanda Carapace avec trouble.

Arbre-à-Couche lâcha un large soupir et gigotta. Il se sentait mal à son aise.

Boulet-Rouge déposa sur la pierre, le cercueil d'enfant qu'il n'avait point abandonné pendant cette péripétie. Il était gêné par ce petit meuble. Ayant dès lors ses deux mains libres, il exécuta un mouvement gymnastique, en trois temps, bien détachés, et se trouva debout sur le balcon.

Déjà, en bas, le monde se battait pour voir les corps morts, des bras, des jambes, et l'oreille de Mustapha qu'un antiquaire vola pour l'empailler dans de l'esprit de vin.

Boulet-Rouge aida ses deux compagnons à monter, et ils se trouvèrent bientôt, tous les trois, sains et saufs, en dedans de la balustrade.

Le balcon du second étage de la Maison du Repris de justice était un de ces jardins suspendus, modeste imitation de ceux de Babylone, qui mettent çà et là un sourire aux façades revêches de nos maisons. Il y avait des capucines, des haricots fleurs rouges, des pois de senteur et des cobæas, ces lianes en miniature dont le mièvre feuillage, console et repose les yeux rougis des travailleuses de Paris.

Elles n'ont pas beaucoup d'air, dans leurs mansardes, ces pauvres ouvrières, mais elles cèdent volontiers à ces chers cobæas la moitié de leur air et tout leur soleil, pour avoir pendant les mois d'été, un coin vert où rafraîchir l'inflammation de leurs paupières.

Il vient parfois un moineau dans ces indignes feuillages, et alors tout l'atelier de sourire. L'oiseau égaré leur parle vaguement du ciel libre, des grandes prairies et des haies pleines de chansons qui bordaient la route si longue, si longue…

La route qu'elles prirent un jour pour échanger tout cela contre les puanteurs de Paris.

Nous avons pris la liberté de semer en passant ces quelques phrases bien senties, pour prouver qu'il y a de la poésie dans notre cœur et de la philosophie dans notre cerveau. Nous n'y reviendrons plus. D'ailleurs ces chères exilées ont Bullier, le Moulin-Rouge, le Casino de Paris, Gugusse, Alphonse et l'absinthe.

Une lueur venait à travers les carreaux de la croisée. L'œil perçant de Boulet-Rouge l'aperçut le premier.

– Silence ! dit-il. La destinée nous a conduits dans des lieux habités. À cette heure exceptionnelle, je donnerais mes droits politiques pour un verre de cognac.

– Vains désirs, dit Carapace.

– Nous sommes ici séparés du monde entier, ajouta Arbre-à-Couche.

Boulet-Rouge reprit avec fierté.

– Si grand que soit le danger, je vous sauverai. Après le trouble inséparable d'un pareil accident, mes esprits rentrent dans leur assiette. Je vois les évènements d'un œil froid et calculateur. Nous sommes ici sur le balcon des « Piqueuses de bottines réunies », atelier libre...

– Quoi, si près de notre point de départ ? s'écria Arbre-à-Couche avec l'accent de la surprise.

Une idée sanguinolente traversait déjà l'esprit de Carapace. Il murmura :

– Messa, Sali !

– Lina ! répondirent les deux autres.

– Les péripéties les plus inattendues, reprit Carapace, ne doivent jamais nous faire oublier notre devoir. Nous appartenons à M. le duc Rudelame-Carthagène par les liens combinés du crime et de l'économie. J'ai confusément le soupçon que l'atelier des Piqueuses de bottines réunies appartient à la clientèle du docteur Fandango. Consulte la liste, Arbre-à-Couche.

Nous ferons remarquer ici un détail curieux. Quand les trois Pieuvres mâles de l'impasse Guéménée causaient, ils se donnaient mutuellement leurs vrais noms, mais quand il s'agissait de travailler, ils revenaient à ces mystérieux sobriquets composés de *Messalina* dédoublé : Messa, Sali, Lina.

L'attaque règle la défense. Dans le camp opposé, Mandina de Hachecor, Castor, Pollux, Mustapha et le gendarme avaient aussi des professions apparentes qui cachaient des rejetons de l'ancienne féodalité, des banquiers, des artistes et des bacheliers ès-lettres.

Arbre-à-Couche, l'homme aux papiers scellés d'un cachet nobiliaire, fouilla aussitôt dans sa poche avec inquiétude. Il songeait à la culbute exécutée à trente-deux mètres au-dessus des toits. Pendant ce violent travail, ses poches avaient pu se retourner. Il n'en était rien heureusement, aussi s'écria-t-il :

– Ô providence ! je n'ai rien perdu !...

Carapace répondit :

– J'ai bien gardé ma bouteille de fer-blanc bouchée avec du papier gris vert.

Et Boulet-Rouge ajouta d'un air pensif en frappant sur son cercueil d'enfant :

– Tout est étrange dans la situation où nous sommes.

Le cercueil d'enfant rendit un son creux difficile à définir. Boulet-Rouge pâlit. L'idée d'un déficit lui traversa l'esprit comme un éclair.

– Mon cercueil se serait-il ouvert à mon insu ? s'écria-t-il.

Il l'ouvrit précipitamment et, le voyant vide, il râla d'une voix étranglée par la mauvaise humeur :

– J'ai perdu mon enfant !

En ce moment, ses yeux brillèrent d'un éclat sauvage. La prunelle des tigres de la jungle, dans l'Inde, ont de ces lueurs étranges dans les nuits tropicales. Une plainte faible, un de ces cris particuliers qui sortent des berceaux et qu'on appelle vagissements, avait frappé son oreille subtile à travers la fenêtre close.

– Ah ! se dit-il en lui-même, ce n'est pas la peine de se désoler. Voilà de quoi remplir ma botte.

Arbre-à-Couche, qui avait déplié sa liste aux armes de M. le duc, mit un doigt dans sa bouche et imita le cri du coucou avec une incroyable perfection.

Les deux autres n'ignoraient point ce que signifiait ce signal. Ils prêtèrent aussitôt une oreille attentive.

– Ce n'était pas une coupable erreur, dit Arbre-à-Couche. Les petites ainsi dénommées : Les Piqueuses de bottines réunies, usent des drogues du docteur Fandango.

Il y eut un silence, comme après tout arrêt prononcé.

Boulet-Rouge prit sous son aisselle un diamant de vitrier qui ne le quittait point. D'une main sûre il scia un carreau, le détacha et passant ses doigts par le trou, il tourna l'espagnolette de la croisée.

– Les chemins sont ouverts, dit-il.

Sans perdre de temps, ils passèrent et Boulet-Rouge prononça :

– Attendez-moi un instant, ici, j'aperçois le berceau… je vais assassiner l'enfant pour utiliser mon cercueil.

On ne pouvait rien objecter à une pensée si sage.

Boulet-Rouge ouvrit son coutelas…

Juste à la même minute, de l'autre côté de la rue de Sévigné, une fenêtre s'ouvrit aussi au cinquième étage. La tête blanche et vénérable de Silvio Pellico se montra aux rayons de l'astre des nuits.

Tancrède, dit Chauve-Sourire, était toujours prisonnier dans la chambre de Mandina de Hachecor. Il aperçut le célèbre vieillard, saisit son arc, le banda, y adapta une flèche empoisonnée, ajusta et tira.

La flèche partit en sifflant comme une clef. Silvio Pellico poussa un cri de soie déchirée et disparut à tous les yeux !…

Au grenier, une femme, artiste de Montmartre, qui étudiait la *Tour de Nesle*, lança ces mots :

– Il est minuit, la pluie tombe, parisiens, dormez !

CHAPITRE IV
Les piqueuses de bottines réunies

Par un contraste habilement ménagé, après tant de sang, tant de larmes, et pendant que Boulet-Rouge va assassiner l'enfant, le lecteur se reposera avec délices en un tableau plein de fraîcheur.

Vingt-cinq piqueuses de bottines, la plupart jeunes, alertes, rieuses et débauchées, étaient réunies autour d'une table malpropre dans une chambre de derrière qui faisait suite à celle où les trois Pieuvres mâles de l'impasse Guéménée venaient de s'introduire par escalade et effraction, à celle hélas ! où se trouvait le berceau.

Elles travaillaient en babillant et en chantant, les brunes, les blondes, les châtaines, les rousses aussi ; elles travaillaient très bien, très vite et de très bon cœur. On ne travaille ainsi qu'à Paris, où la rage du plaisir donne la rage de la besogne.

Il y en avait beaucoup de jolies et beaucoup de laides, mais les laides avaient ce je ne sais quoi de canaille et de vif, qu'on nomme *du chien*, qui les faisait presque jolies. C'étaient pour la plupart des minois chiffonnés qui n'eussent point supporté l'analyse des nez retroussés, des fronts bombés, des grandes bouches souvent, montrant des poignées de perles.

Leurs toilettes étaient comme leurs visages, sujettes à caution, mais avenantes et hardies. On n'eut pas vendu le tout pour cinq cents francs peut-être. Hors de Paris, vous n'en auriez pas eu moitié pour un prix fou.

Les noms étaient caractéristiques : les petits noms. Les noms de l'atelier ressemblent un peu à ceux du théâtre : ce ne sont pas les noms de familles.

Peu de Marie, point de Françoise, ni de Madeleine, ni de Jeanne.

Des Anaïs en quantité, des Régine, des Amanda, des Athénaïs, quelques Léocadie, des Irma et des Zuléma.

Elles ont grand honte quand elles s'appellent tout uniment Joséphine.

C'est le contraire ailleurs. Nous avons connu une femme de qualité, morte avant l'âge du chagrin qu'elle avait de s'appeler Léopoldine.

Les noms simples, les noms communs prouvent généralement la race. Où diable voulez-vous que Chiquita soit née !

Il y avait là, onze Anaïs, sur vingt-cinq, et l'on était obligé de les distinguer, par des surnoms : Chiffette, Cocarde, Colibri, Œillet d'Inde, Chou-Fleur, Lampion, etc. ; il y avait sept Amanda, quatre Reine et trois Irma.

Leurs plaisanteries, qui les faisaient rire de si bon cœur, n'étaient pas très variées ; on entendait çà et là :

– Fallait pas qu'y aille !

– Des navets !

– Et ta sœur ?

– Ma sœur ? est à bord d'une chaloupe à vapeur ! avec le chauffeur ! qu'est son abuseur !

– C'est rigolo !

Et autres…

C'est suffisant à les tenir en joie.

Aujourd'hui, la réunion avait un caractère particulier pour un double motif : d'abord on avait entendu l'explosion de la voiture inodore. Anaïs Cocarde, dépêchée en bas, pour savoir ce que c'était, était revenue toute pâle, disant qu'elle n'avait jamais rien vu de si horrible dans le *Petit Journal*. Tout le monde avait voulu se précipiter dans les escaliers, mais Anaïs Chou-Fleur, la gérante, retenant, d'une poigne vigoureuse, Anaïs Chiffette, Anaïs Œillet d'Inde et Anaïs Lampion, avait déclaré qu'avant tout la veille devait être finie.

On obéit bien autrement à une gérante d'association libre, qu'à la « demoiselle » d'une maison ordinaire.

Le second motif était plus intéressant.

Il y avait au centre de la table, une jeune fille qui ne travaillait pas. Celle-là était très belle, mais si pâle qu'elle vous eut fait pitié. Sa toilette avait une simplicité aristocratique et quelque chose en elle rappelait les ingénues de familles princières, persécutées par l'infortune au théâtre de l'Ambigu-Comique.

Nous sommes forcés de remonter, au commencement de cette soirée pour expliquer la présence d'Elvire, la jeune marquise fugitive, à la table des Piqueuses de bottines réunies.

Vers sept heures et demie, longtemps par conséquent avant la catastrophe imprévue qui devait plonger soixante-treize familles dans le deuil, la gérante de l'atelier était sortie pour acheter du thé, du sucre et du rhum ; l'habitude étant de s'accorder cette douceur quand la veillée se prolongeait jusqu'à minuit et au-delà.

En allant chez l'épicier, la gérante n'avait rien vu d'extraordinaire, sinon une jeune fille donnant le bras à un vieillard de cent et quelques années qui avait une figure de hibou.

Quand elle revint la jeune fille et le vieillard avaient disparu.

Mais comme elle traversait l'allée sombre de la Maison du Repris de justice, elle entendit dans la nuit des gémissements inarticulés.

Avec son thé, son sucre, son rhum, elle rapportait une boite de ces allumettes bougies dont il serait superflu de faire l'éloge, tant elles ont déjà rendu de services à l'humanité.

Elle eut l'idée candide d'en allumer une et vit alors un spectacle attachant.

La jeune fille et le vieillard de cent et quelques années étaient sous ses yeux.

La jeune fille, étendue sur les dalles de l'allée, venait de mettre au jour de la nuit, au milieu des souffrances les plus atroces, un enfant du sexe masculin, très bien conformé et très viable.

Le vieillard, dont la figure de hibou exprimait une cruauté incalculable, essayait d'une main d'étrangler l'enfant nouveau-né, et de l'autre, de poignarder la jeune fille avec un crick malais d'un travail curieux et manifestement empoisonné.

Une seconde encore, et c'en était fait des deux infortunées créatures.

Anaïs le comprit ; ce n'était qu'une faible femme, douée d'une éducation médiocre et de mœurs relâchées, mais elle avait de l'initiative. Son cœur généreux bondit dans sa poitrine. D'une main elle alluma d'un seul coup toutes ses bougies, de l'autre, elle tint en l'air ce feu d'artifice peu dangereux, mais éblouissant.

Le vieillard, épouvanté, laissa échapper un geste de désappointement et se glissa en rampant vers la rue.

Anaïs le poursuivit pour lui demander son nom et son adresse. Elle ne le vit pas sur le trottoir, mais une voix qui n'avait rien d'humain bourdonna à son oreille :

– Femme imprudente, crains la vengeance du bisaïeul !

– Des nèfles ! répondit-elle dans la gaieté de sa vaillance populaire.

Puis elle revint dans le fond de l'allée, mit l'enfant nouveau-né dans la poche de son tablier et aida la jeune accouchée à monter les deux étages qui conduisaient à l'atelier. Quoique privée de sentiment, l'inconnue avait encore l'usage de ses jambes.

On doit juger de l'étonnement des Léocadie et des Amanda, quand la gérante, ouvrant la porte de l'atelier, fit entrer la jeune mère et tira l'enfant caché dans son sein.

C'était lui qui dormait dans le berceau de la chambre au balcon ; c'était lui que menaçaient les détestables passions de Boulet-Rouge.

S'il avait su…

La gérante dit :

– Mes petits amours, il ne faut pas que ça vous empêche de travailler. Je vais installer la jeune étrangère dans un bon fauteuil et elle va nous raconter ses aventures pour passer le temps agréablement.

– Femme généreuse, murmura la jeune fille d'une voix altérée, quand je devrais vivre cent et quelques années, comme mon trop cruel bisaïeul, je n'oublierai jamais vos bienfaits... donnez-moi, je vous prie, un bouillon...

– Je n'ai que du rhum, interrompit Anaïs.

– Ça me suffira !

Elle but un verre de rhum et parut soulagée par ce cordial.

– Bonté divine, murmura-t-elle ensuite, en versant des larmes abondantes, dans quel abîme une liaison innocence, mais qui a des suites, peut précipiter une jeune personne !

Toutes les Anaïs grillaient de savoir ; les Irma en étaient malades.

L'étrangère s'assit et poussa un soupir de soulagement.

– Femme du commun vraiment magnanime, reprit-elle, je vous dois un aveu complet. Racontez un peu à ces demoiselles ce qui s'est passé dans l'allée sombre, cela me donnera le temps de reprendre haleine. Quand vous aurez fini, je prendrai la parole, et vous connaîtrez toute l'étendue de mon malheur.

Elle arrêta la gérante au moment où celle-ci ouvrait la bouche, pour dire encore avec une dignité pleine de réserve :

– Épargnez autant que possible, dans votre récit, le noble criminel dont vous avez prévenu le dessein pervers. Outre qu'il est respectable par son âge, je lui dois tendresse et obéissance. Il est le père du père de mon père.

– Voilà comme elles sont dans la haute, s'écria Chou-Fleur avec admiration. C'est bête ! Moi, ni une ni deux, j'aurais étranglé le vieux polisson.

Puis employant le langage pittoresque et imagé de la basse classe, elle fit le récit succinct, mais complet du drame de l'allée.

Elle eut un vrai succès et la curiosité ne connut plus de bornes dans l'atelier des Piqueuses de bottines réunies.

Quoique faible encore, n'étant accouchée que depuis un quart d'heure, l'étrangère commença aussitôt :

– La fortune et la naissance ne donnent pas le bonheur, j'en suis un fatal exemple.

Je reçus le jour loin de Paris, au-delà de la porte jaune, entre la ville de St-Cloud et le village de Garches, département de Seine-et-Oise, dans un antique et noble château connu sous le nom de Mauruse.

Loin de moi, la pensée de faire envie à votre pénurie, en vous détaillant le luxe qui entoura mon berceau. Mon père, fils aîné du marquis de Rudelame, qui lui-même était le fils aîné du duc portant le même illustre nom, avait épousé Fanchon de la Roque-Aigurande, descendante et unique héritière des captals de Buch, cadets de la maison de Foix. À l'âge de dix ans, j'avais une poupée qui coûtait 185 louis de 24 francs et ma nourrice portait des boucles de rubis à ses jarretières.

Passons… Je l'ai bien payé plus tard !

Le château de Mauruse est une antique demeure perchée au sommet d'une montagne et entourée de précipices sans fond qui rejoignent les fameux étangs de Ville-d'Avray par des percées souterraines. Il fut bâti par Anguerrand de Carthagène qui tua en combat singulier le bailli de Chavanette, derrière Bicêtre, sous Henri II.

Passons… Si je vous disais les diverses illustrations de ma famille, ça vous humilierait et nous n'en finirions plus.

À l'époque de la révolte des peuples, en 1789, mon bisaïeul était déjà un homme de trente et quelques années, bien vu en cour, heureux près des dames, beau joueur et tout à fait bon enfant.

La révolution le surprit à l'improviste. Quand on vint pour piller son château de Mauruse, il était à Sèvres pour acheter du tabac. Il n'eut pas le temps de rassembler ses trésors qui furent dilapidés par la multitude. Obligé de partir pour l'émigration avec sa femme et son fils (le père de mon père), il ne possédait que son argent de poche et les boutons de son habit qui étaient en perles fines, heureusement.

Il arriva ainsi à Londres, capitale de l'Angleterre. Son argent de poche, ajouté au prix de ses boutons, lui compléta une somme de 250 guinées, ou si vous le préférez 8 750 francs. Ça vous semble encore un joli denier, mais ma bisaïeule dépensait 50 louis par jour. Le duc de Rudelame-Carthagène l'adorait.

Ce fut pour satisfaire à ses fantaisies qu'il contracta plusieurs mauvaises habitudes dont sa famille devait être plus tard la victime. Il se fit usurier d'abord, puis, les produits de cette industrie ne suffisant pas aux prodigalités de sa femme, il apprit à tromper au jeu, dans les bonnes sociétés. Un jour enfin, emporté par l'envie de faire plaisir à son épouse, il se mit à travailler sérieusement, passa ses examens avec succès, et fut reçu membre de cette importante compagnie : *La Grande Famille* des voleurs à Londres.

Il était là sur une pente glissante, il glissa. Toujours pour procurer à sa compagne idolâtrée des bijoux précieux, des cachemires et des liqueurs fortes, car la duchesse avait contracté un culte tout particulier pour la sobriété anglaise, il fabriqua des poisons, inventa une nouvelle espèce de poignards, destinés à ne pas laisser de traces et se comporta en un mot comme un homme indigne de l'estime générale.

Je suis suspecte de partialité, puisqu'il est mon ancêtre, mais la vérité me force à déclarer qu'il garda toujours une certaine tenue au sein de ses dérèglements. Il ne vola jamais qu'en gros et il faisait exécuter ses meurtres par des employés.

Mais, au moins, la personne en faveur de laquelle il se compromettait ainsi était-elle digne de tant d'amour ? Ne l'espérez pas ! Madame la duchesse avait de l'éducation ; à part cela, c'était une coquine. Outre son goût pour la boisson, elle allait avec les Écossais.

Vous entendîtes parler sans doute de Marie Stuart. Si l'Écosse est l'amie de la France, ce n'est pas une raison. M. le duc ayant appris que la compagne de sa vie prodiguait l'argent gagné avec tant de peine, à des jeunes gens à la mode, à des musiciens, à son valet de pied, trois avocats et même à des militaires, résolut à se venger. Il acheta *l'Affaire Clémenceau* et une barre de fer toute neuve qu'il mit rougir un feu très ardent pendant quarante-huit heures, après quoi, il l'imbiba, toute chaude, nicotine, de phénol Bobœuf et d'acqua Toffana, mélangés avec de l'assa fœtida et une composition dont notre famille garde précieusement le secret. Elle n'est pas dans le commerce. Ayant pris ainsi ses mesures, il rentra un soir à son domicile plus tôt que de coutume. Il apportait avec lui une corbeille remplie de vins fins, de liqueurs fabriquées dans divers monastères, de viandes froides, de saucisses et de petits gâteaux.

J'ai dit qu'il était bel homme. Ma bisaïeule, portée sur sa bouche, ne demanda pas mieux que de souper avec lui. Il fit dresser la table dans une certaine chambre de son hôtel qui n'avait ni porte ni fenêtre.

On n'eut trouvé nulle part un lieu plus favorable à ses farouches desseins.

Madame la duchesse, sans défiance et remplie d'appétit, le suivit dans cette dangereuse retraite. Le souper commença à huit heures dix minutes. À dix heures on renvoya les domestiques. Au coup de minuit, alors que la coupable et infortunée femme était ivre d'amour et d'anisette, mon bisaïeul prit, au lieu d'un simple couteau à papier, la barre de fer rouge qu'il avait caché sous sa chemise et la lui passa quatorze fois au travers du corps, non sans prononcer des paroles d'amère et vindicative raillerie.

Jusqu'au treizième coup, la malheureuse cria et appela ses militaires.

Il ne me faut pas d'autres preuves pour affirmer qu'elle avait la vie dure. Néanmoins, le duc de Rudelame-Carthagène dut croire qu'il en était débarrassé pour jamais. La suite de cette anecdote montrera si c'était là une chimère…

Ici, Elvire fut prise d'une convulsion, occasionnée par son état.

Les piqueuses de bottines réunies se précipitèrent à son secours.

C'était l'heure où la voiture de vidange, inodore arrivait dans la rue. Rien n'annonçait encore une sanglante catastrophe. Les oiseaux dormaient dans les gouttières, la brise faisait tourner les girouettes au sommet des monuments, et les vieux messieurs, sur les trottoirs, suivaient les petites ouvrières.

CHAPITRE V
L.D.F.E.V.– I.A.T.V.– D.E.J.– T. !

La jeune et belle Elvire de Rudelame-Carthagène reprit ses sens, but un verre de rhum et poursuivit en ces termes :

– Ô mes chères bienfaitrices, malgré la distance qui sépare nos positions sociales, ma reconnaissance ne finira qu'avec ma vie ! Je veux tout d'abord modérer l'étonnement que pourrait vous causer le crime de la chambre sans porte ni fenêtre.

La seule chose surprenante, c'est que mon bisaïeul eût pu garder la barre de fer rouge sous sa chemise. Mais outre que c'était pour l'empêcher de refroidir, nous sommes à Londres.

À Londres on en voit bien d'autres.

Et quant à l'atrocité du forfait, ma famille est depuis longtemps habituée à ne se rien refuser. Le marquis, mon père, s'est amusé une fois à faire le relevé des crimes et délits appartenant en propre à notre maison, depuis le règne de Henri II jusqu'à Louis-Philippe seulement. Il y a quatre-vingt-un meurtres dont deux parricides, sept fratricides des deux sexes, trois tanticides, cinq onclicides, treize neveux ou niécicides, huit infanticides, vingt-trois adultères, dix-neuf incestes !…

Il y a des instants, s'interrompit ici la jeune accouchée avec un désespoir impétueux, où je préférerais avoir reçu le jour au sein de la misère. Ah ! gardez vos mœurs innocemment égrillardes, fillettes du commun. Cette atmosphère de sang et de honte est loin d'être agréable, à la longue !

Le lendemain matin, mon bisaïeul chercha le cadavre de sa femme, car il voulait le faire embaumer, par un dernier caprice. À sa place, il trouva un billet ainsi conçu :

|L.D.F.E.V.– I.A.T.V.– D.E.J.– T. !

Ce mystérieux écrit le remplit d'inquiétude et d'alarmes. Il se creusa la tête en vain pour en deviner la signification.

Tant d'initiales accumulées devaient cacher une menace.

Qui donc avait pu entrer dans cette chambre sans porte ni fenêtre ?

Il y avait la cheminée !

Mon bisaïeul la fit aussitôt fermer à l'aide d'une grille en acier fondu ;

– Mais il était trop tard.

Il fut malade dangereusement.

À peine remis sur pied, il ordonna à nombreux domestiques de regarder sous les lits et dans tous les tiroirs des commodes :

Le cadavre de la duchesse resta introuvable.

Cela aigrit d'autant le caractère de bisaïeul qui déjà n'était pas trop tendre. Il devint cruel, et, dans le silence du cabinet, ses meilleurs amis le surprirent souvent torturant des insectes ou soumettant des animaux domestiques à différents supplices.

En ce temps, plusieurs petits enfants de son quartier disparurent et toutes les recherches demeurèrent sans résultat. Il les avait coupés par morceaux sans utilité apparente. Il avait d'ailleurs bien des motifs de mauvaise humeur.

De même que le cadavre de la duchesse était inrencontrable, de même le mystérieux billet restait intraduisible. M. le duc s'était adressé aux hommes d'affaires les plus habiles ; aucun d'eux n'avait pu lui donner le mot de l'énigme.

Il entendit parler un jour d'un personnage étonnant qui passait pour être le fameux Cagliostro, bien que celui-ci fut mort au château de Saint-Léon, dans la campagne de Rome, mais cela ne fait rien à l'affaire ; d'autres prétendaient qu'il était le non moins célèbre comte de Saint-Germain, bien que ce dernier fût décédé à Sleswig, qu'importe ? La chose certaine, c'est que ce personnage faisait de nombreux miracles. Il avait guéri le catarrhe de la reine et sauvé un enfant de Pitt et Cobourg qui tombait du haut mal. Londres entier le consultait pour les objets égarés, les cors aux pieds et les engelures.

Il se nommait le docteur Fandango...

Ce nom produisit dans l'atelier des Piqueuses de bottines un effet extraordinaire. Ce fut autour de la table un long murmure.

– Et quoi ! s'écrièrent ensemble plusieurs Anaïs, le docteur Fandango existait déjà à cette époque reculée ?

– Lui, si jeune ! ajouta la gérante. Et tout l'atelier acheva :

– Lui si beau !

Elvire de Rudelame poussa un long soupir.

– À qui dites-vous, murmura-t-elle, qu'il est jeune, beau, entraînant, irrésistible ? Vous voyez devant vous sa victime !

Second effet, plus fort que le premier.

– L'enfant d'à-côté ?... commença la gérante.

– Il est à lui ! acheva Elvire en baissant ses beaux yeux pleins de larmes.

Vous dire l'émotion qui étreignit à la fois tous ces cœurs, est impossible.

Le docteur Fandango était un dieu pour sa clientèle.

L'atelier entier se leva, mit une main sur son cœur et s'écria :

– Nous sommes les Malades du docteur Fandango...

– Permettez-moi d'en douter, répliqua Elvire qui prit aussitôt une apparence de froideur.

– Ah ! par exemple ! voulut dire la principale Anaïs.

Mais l'accouchée de l'allée sombre l'interrompit et dit péremptoirement :

– Alors, montrez le cachet !

Il y eut quelque chose d'étrange. Les Piqueuses de bottines réunies se levèrent toutes à la fois et se déshabillèrent.

Les corsages, les jupes, les jupons et jusqu'aux pantalons, tombèrent simultanément.

Abdiquant toute pudeur, les vingt-cinq ouvrières relevèrent ensemble leur chemise et montrèrent un peu au-dessous du nombril le triangle d'un vaccin au milieu duquel était une empreinte chimique, de forme ovale, qui semblait être le résultat de l'application d'un timbre sec, imbibé de matières caustiques. Cette empreinte présentait deux initiales : D.F., surmontées d'un phénix sortant des flammes.

Ce tableau de vingt-cinq jeunes filles portant pour tout costume des bottines, des bas et une chemise retroussée, ne laissait pas que d'être enchanteur.

Si vous avez espéré, toutefois, nous le voir décrire plus longuement et détailler la profusion inouïe de seins fermes et polis, d'épaules de marbre, de cuisses blanches, de hanches rebondies, de fesses grasses, de ventres nacrés, liliacés et luisants, allant se perdre dans l'ombre duvetée formée par les cuisses, que l'on pouvait voir à ce charmant conseil de révision, c'est que bien peu vous connaissez notre réserve.

Aucun homme d'ailleurs n'était présent et nous ne l'avons su que par ouï-dire. Puisse cet aveu nous servir d'excuse.

Dès qu'Elvire de Rudelame eut reconnu le cachet, son visage s'éclaira d'une joie pure.

– C'est maintenant que je remercie Dieu à deux genoux, ô mes sœurs ! dit-elle dans le délire de son allégresse, je suis sauvée !… Mais remettez vos vêtements pour ne point offenser inutilement la décence particulière à notre sexe.

Afin de contenter le désir si légitime de la noble accouchée, les Piqueuses de bottines réunies se revêtirent.

En dépit de sa position malheureuse, Elvire sautait de joie.

– Je vous reconnais ! dit-elle enfin, je suis rassurée. Nous allons bavarder tout à notre aise. Je n'ai pas besoin de vous apprendre désormais que Paris et sans doute l'univers entier, sont divisés en deux fractions : « les Malades du docteur Fandango » et les « Chevaliers de l'élixir funeste » appelés aussi « les Fléaux de la capitale » ou « les Pieuvres mâles » des divers impasses…

Elle s'animait en parlant, et si vous saviez comme elle était belle !

Arrêtons-nous pour tracer son portrait.

Elle avait une de ces beautés saisissantes qui ne ressemblent à rien. Son nez rappelait celui du bisaïeul qui faisait songer au bec des hiboux, son regard était piquant, inexprimable. Rien de comparable à sa bouche, si ce n'est son aisselle qui semblait fouillée par la main d'un sculpteur très habile. La brise était amoureuse de ses cheveux ; elle ne trouvait pas de chaussures assez mignonnes pour son pied et la meilleure ganterie de Paris faisait des miniatures en peau de Suède pour ses mains.

Avec cela, noble, spirituelle, instruite, riche et pure, malgré sa chute.

– Je n'ai pas besoin de vous dire, continua-t-elle plus charmante à mesure qu'elle parlait, que tous les Malades du docteur Fandango se portent bien et meurent d'un accident mystérieux produit par l'ingestion de l'élixir funeste.

J'ai pensé parfois que l'homme célèbre et séduisant qui marque à son cachet tous ses clients et clientes pour les reconnaître, n'avait pas réfléchi que c'était un danger, car les fléaux de la capitale profitent de ce signe pour choisir à coup sûr leurs victimes. Mais je ne puis blâmer celui qui se déguisa en porteur d'eau pour me séduire et qui est le père de mon jeune enfant : Virtuté !

Elle reprit haleine, pendant que les filles du peuple essuyaient leurs yeux mouillés.

– Ce qui va être intéressant pour vous, poursuivit-elle, c'est d'apprendre comment s'entama cette grande querelle qui divisa l'univers. Prêtez-moi une oreille attentive.

À l'époque où mon bisaïeul se présenta pour la première fois chez Fandango, cette individualité hors ligne avait une cinquantaine d'années… Ne m'interrompez pas, vos étonnements sont superflus. Cinquante-sept ans après cette date, je l'ai adoré sous un déguisement vulgaire.

Il ne paraissait pas alors plus jeune qu'aujourd'hui. À première vue, on lui aurait donné vingt-huit ans et neuf mois. Depuis lors, il n'a pas vieilli d'une semaine.

Mon bisaïeul le trouva dans son laboratoire, entouré d'un seul livre, d'une fiole, d'une cuvette et d'un cerf vivant qui possédait des cornes d'argent massif.

Tout d'abord, M. le duc de Rudelame fut frappé de sa souveraine beauté, quoique Coriolan (vous savez que c'est le petit nom de cet idolâtré Fandango) n'eut point encore lavé ses mains, ni fait sa barbe. On était au matin, ce qui explique suffisamment cette négligence chez un homme ordinairement propre et même coquet de sa personne.

Le duc de Rudelame le salua et lui demanda si c'était bien au docteur Fandango qu'il avait l'honneur de parler.

À son grand étonnement, ce fut le cerf, doué de bois en argent massif, qui lui rendit son salut.

Le docteur lui-même restait immobile et muet comme une statue de marbre de Paros.

Mon bisaïeul voulut décliner ses noms et qualités. Le cerf vivant lui ferma la bouche d'un geste froid et lui désigna la cuvette. Au fond de la cuvette, mon bisaïeul vit, avec une surprise croissante, des caractères qui se formaient sous une couche d'eau plus pure que le cristal.

Ces caractères, une fois devenus distincts ! donnèrent les mots : Robert, Athanase, Bonaventure, duc de Rudelame-Carthagène, comte de Balamor, seigneur de Mauruse et autres lieux, présentement émigré, tourmenteur de mouches et tueur de femmes !

Mon bisaïeul releva la tête, indigné qu'il était de ce dernier trait.

Le docteur était toujours immobile.

Le cerf vivant remua la patte et ses cornes devinrent d'or.

M. le duc n'est pas un esprit ordinaire, il vit bien qu'il avait affaire à un enchanteur et dévora l'affront. Résolu à user d'une profonde dissimulation, il prononça les paroles suivantes avec aménité :

– Ô vous, qui êtes, au dire de l'histoire, des plus grands savants de l'Europe, je m'aperçois que votre talent n'est pas au-dessous votre renommée. Je viens vous consulter et je vous prie de me marquer au timbre que vous mettez sur toutes vos pratiques.

Il tressaillit et regarda tout autour de lui. Il avait prononcé ces derniers mots d'une voix insinuante. Un organe lui répondait. Ce ne pouvait être le cerf, et les lèvres du docteur ne remuaient point. La voix semblait sortir de la fiole, elle dit :

– Le cachet de la vertu ne prendrait pas sur ta peau. Cesse de feindre. Que veux-tu du maître ?

Mon bisaïeul pâlit et ses dents grincèrent, car il commençait à se fâcher.

Mettant de côté, désormais, toute vaine dissimulation, il tira de sa poche le billet énigmatique composé des treize initiales : « L.D.F.E.V.– I.A.T.V.– D.E.J.– T. ! »

Au moment où le papier parut dans sa main, une harmonie sauvage, mais douce se fit entendre. Elle venait de tous les côtés à la fois. On eut dit que les parois même de la chambre la suintaient.

Mon bisaïeul déplia le papier et lut les initiales distinctement, puis il demanda :

– Pouvez-vous m'expliquer ce que cela signifie ?

La voix répondit oui, dans la fiole, après quoi, elle en sortit pour entrer dans le livre dont les feuilles s'agitèrent vaguement.

La voix dit encore :

– Regarde au fond de la cuvette !

Et l'harmonie sauvage, mais douce se tut instantanément.

M. le duc regarda à travers la couche d'eau pure et put lire ces treize mots qui se rapportaient exactement aux treize initiales.

« Le Docteur Fandango Est Venu. – Il A Tout Vu. – Dieu Est Juste. – Tremble ! »

Les cornes du cerf vivant brillèrent en ce moment d'une façon peu ordinaire. Si ce n'eut été impossible, vu le prix de la matière, le témoin de tout cela aurait juré qu'elles étaient désormais en diamant.

Il resta un instant abasourdi, sous le coup de tant de choses étranges. Mais ce n'était pas un homme à rester bien longtemps inactif.

Le mystérieux billet avait été trouvé dans la chambre sans porte ni fenêtre, que nous pouvons appeler maintenant, la chambre du monstre. Le docteur était venu là, où tout y faisait allusion au crime ; le docteur avait tout vu, il était maître du terrible secret.

Il faut rendre cette justice à ma famille on n'y a pas froid aux yeux. Le duc regarda son ennemi en face, car il n'y avait pas à en douter, Fandango était son ennemi mortel, et lui dit avec calme :

– Le billet était de vous ?

Autant parler à une pierre. Ni le docteur, ni sa fiole, ni sa cuvette ne répondirent cette fois ! Le cerf même resta impassible.

Mon bisaïeul se prit à ricaner et fit tout haut cette réflexion :

– La chambre n'avait ni porte ni fenêtre. Pas de témoins !

L'eau de la cuvette se rida. Sur les treize mots placés au fond, douze s'effacèrent ; il n'en resta qu'un seul :

DIEU !

M. le duc eut froid dans le dos.

Ce fut l'affaire d'un instant ; il ne croyait pas beaucoup en Dieu.

Que prouvent toutes ces momeries ? Dieu sait peut-être, mais il ne dit jamais ce qu'il a vu ; c'est un témoin peu embarrassant… et si nous allions en justice, mon savant docteur, lequel serait cru le plus aisément : d'un charlatan comme vous ou d'un gentilhomme comme moi !

Point de réponse.

– Madame la duchesse, poursuivit le grand-père de mon père, aimait trop les Écossais. Quatorze coups de barre de fer rougie au feu et empoisonnée, donnés à travers le cœur, l'œsophage, le diaphragme, le grand sympathique et intestin grêle, suffisent à empêcher une femme de qualité de parler. Pensez-vous qu'elle viendrait témoigner contre moi ?

La chambre éclata de rire à ces mots. Je dis la chambre, car ce furent les murailles elles-mêmes, le plancher et le plafond qui produisirent en apparence cette explosion de gaieté. La statue du docteur et le cerf vivant n'y prirent aucune part.

– Sambre goy ! s'écria mon bisaïeul, vous m'impatientez, à la fin. Rira bien qui rira le dernier. Je ne suis pas manchot, mais comme la justice anglaise est confuse et fort imparfaite, je propose la paix... En veut-on ici ?

Le cerf brama d'une façon ironique.

– On veut donc la guerre ? demanda M. le duc.

Cette fois, le docteur Fandango lui-même remua la tête d'une façon affirmative, comme font les biscuits chinois sur les cheminées.

C'en était trop.

Depuis quatre minutes au moins mon bisaïeul méditait un nouveau forfait. Il avait dans sa poche un crick de Malaisie, empoisonné avec un art extraordinaire et dont la lame, bizautée selon certaines règles mathématiques, faisait des blessures mortelles qui ne laissaient aucune trace.

Sans faire semblant de rien, il introduisit sa main sous le revers de sa redingote, il y prit le crick, et crac, au moment où le docteur Fandango le croyait occupé à préparer sa sortie, il lui plongea l'arme malaise dans le sein gauche jusqu'au manche.

Le cerf bondit pour protéger son patron, mais...

Le coup était donné et d'aplomb !...

Un cri d'horreur interrompit ici la jeune accouchée. Ce cri appartenait à toutes les piqueuses de bottines. Il était arraché par la pensée d'un crick malais empoisonné avec soin et perçant la poitrine du docteur Fandango !

Mais Elvire de Rudelame eut un sourire angélique.

– Jeunes filles du peuple, dit-elle, rassurez-vous. Coriolan ne mourut pas en 1793, puisqu'il est le père putatif d'un enfant né cinquante et quelques années après, jour pour jour.

Ne cessez pas de me prêter l'oreille, voici une situation bien étonnante : ce fut le docteur Fandango qui reçut le crick dans les poumons, mais ce fut mon imprudent bisaïeul qui tomba foudroyé...

Expliquez ça !

CHAPITRE VI
Le porteur d'eau

Le drame marchait, au dehors. À l'instant où l'accouchée de l'allée sombre posait cette question à son auditoire, l'initiative de Mustapha mettait le feu aux gaz délétères et lançait dans les airs nos trois amis, les Pieuvres mâles de l'impasse Guéménée.

C'est dire assez que nous avons rattrapé l'heure voulue, et que notre histoire va bientôt marcher à pas de géant.

La formidable explosion fit dresser l'oreille à quelques Anaïs, mais tel était l'intérêt excité que personne ne bougea.

– Vous jetez votre langue aux chiens ? continua Elvire de Rudelame, employant cette expression familière qui semble une condescendance ou une caresse dans la bouche des grands personnages, vous avez raison, vous n'auriez jamais deviné.

C'est pourtant bien simple, mon bisaïeul tomba foudroyé, non par le tonnerre, c'était au mois de décembre, mais par l'étonnement.

Il y avait de quoi !

Au moment où il s'applaudissait d'avoir plongé son poignard dans la poitrine, du docteur Fandango, celui-ci tourna lentement sur lui-même et montra son dos.

Son dos était ma bisaïeule, madame la duchesse de Rudelame-Carthagène, habillée comme le soir du meurtre et portant, depuis la gorge jusqu'à la hauteur des hanches, les quatorze trous produits par la barre de fer rougie au feu et empoisonnée.

La malheureuse était percée comme une poêle à rôtir les marrons de Lyon.

Et au milieu de cet écumoir, sortait la pointe du crick malais que le duc avait planté dans la poitrine du docteur !

Vous sentez bien que je n'ai pas vu cela, j'étais trop jeune, le fait étant arrivé trente-huit ans avant ma naissance, mais je le tiens de la bouche même de Coriolan qui ne saurait proférer un mensonge.

D'ailleurs, il y a une preuve frappante, l'horrible haine de mon bisaïeul contre le docteur Fandango date de là. Il aurait pu lui pardonner une innocente mystification, il ne lui pardonnera jamais d'avoir ressuscité la duchesse.

Car la duchesse vivait.

Vous la verrez par la suite agir comme père et mère.

Si elle parla ce jour-là, M. le duc n'en sut jamais rien, car il se retrouva quelques heures après dans son appartement où il avait été reporté, évanoui, par des mains inconnues. Il ne demanda pas son reste et partit pour les mers polaires où il resta enseveli plusieurs années au sein des glaces éternelles pour laisser étouffer le bruit de son aventure.

En ces pays froids, il n'acquit pas une bonne réputation. Les naturels l'accusaient d'attirer chez lui les petits enfants et même les jeunes filles pour boire leur sang et se nourrir de leur chair. C'étaient des calomnies. Depuis mes plus tendres années, je mange à sa table : jamais je n'y ai goûté de chair humaine. Il faut se garder des exagérations. Hélas ! ce centenaire n'est-il pas assez chargé de crimes.

Il ne mange pas les enfants ni les jeunes filles, mais il les emploie à d'autres usages également domestiques. Leur graisse lui sert à composer des onguents qui prolongent sa coupable existence ; il prend des bains de jeune sang, qui reverdissent sa vieillesse, remarquablement avancée.

Vous frémissez ; moi j'y suis faite…

La fatigue me prend, et nous n'en sommes encore qu'au commencement de la Restauration, je n'aurai pas la force, je le sens bien, de vous raconter l'histoire du père de Mustapha, ni celle de la mère infortunée de Mandina de Hachecor.

Franchissons donc cinquante-six années.

C'était un soir d'automne, dans cet immense palais qu'on nomme l'hôtel de Rudelame-Carthagène et qui décore l'une des rues les plus fréquentées du faubourg Saint-Honoré. L'air était tiède et mou. Les dahlias élevaient vers le ciel leurs parfums fades qui se mêlaient aux subtiles senteurs de l'oignon, dont on sarclait un carré, dans mon jardin, à quelques coudées de ma fenêtre.

L'horloge de Saint-Philippe-du-Roule venait de sonner sept heures.

Ma jeunesse avait été solitaire, je n'avais fréquenté que Timidita, la fille de notre concierge et M. Catimini, mon professeur de piano, qui s'était permis, sur ma personne, une grande quantité de lâches attentats, toujours repoussés par ma candeur alliée à ma pudeur.

Quand mon enfant qui est une fille, aura l'âge des passions naissantes, plutôt que de lui donner l'autre sexe pour professeur de piano, je la plongerai à Saint-Lazare.

Les vibrations de l'horloge se balançaient encore dans les airs, lorsqu'une voix mâle et sonore, prononça sous ma fenêtre, ce cri, bien connu des ménages parisiens :

– Qui veut d'l'eau… au !

La dernière de ces deux diphthongues, montée à l'octave de la première.

Ce cri était d'autant plus inusité dans notre illustre demeure, que nous avions partout l'eau de Seine. Il me jeta dans une étrange rêverie.

Étais-je mûre pour la poésie ? Traversais-je un de ces quarts d'heure bénis, que l'Être suprême, dans sa sollicitude, a marqués pour le sentiment ? Je ne sais. J'ignore tout. On n'a jamais pu m'apprendre l'arithmétique, mais j'ai mon cœur.

J'appelais Olinda, la première de mes neuf camaristes, et je lui dis :

– Olinda, roule-moi une cigarette, je ne sens plus mon âme !

Elle était grecque de naissance, mais française par le goût des loteries autorisées, dont les gros lots la rattachaient à l'espérance. Elle a perdu depuis, dans ces entreprises, son innocence et ses économies. Pour un franc vous pouvez y gagner des sommes importantes. Mais vous ne voyez jamais arriver cette somme, ni revenir votre franc.

– Olinda, repris-je, d'où vient que la voix de ce jeune porteur d'eau me brûle les bronches et met des battements insensés sous l'étoffe de mon corsage ?

Je ne l'avais pas vu, mais mon imagination désordonnée avait deviné l'homme de vingt-huit ans à son organe enchanteur.

Olinda me répondit :

– Pour faire une connaissance, autant attendre un officier ou quelqu'un de chez l'agent de change. Moi, un porteur d'eau, ça ne me chausse pas !

L'insensée ! Je ne crache ni sur les officiers ni sur les employés de la haute banque ; mais il y a porteur d'eau et porteur d'eau. Ma fièvre me disait que celui-ci était un prince.

Que dis-je, un prince, c'était le Fils de la Condamnée, c'était Coriolan, le mystérieux aborigène des ruines de Palmyre, c'était le docteur Fandango !

Olinda, pure comme l'acier et fidèle autant que lui, me roula une cigarette. Je préférai une prise de tabac, puis un chou à la crème, puis n'importe quelle bagatelle peu coûteuse. J'étais hystérique et fantasque, cela peut arriver à tout le monde.

Ma seconde femme de chambre, Herminie, native du bois Meudon, où elle avait été trouvée au bord de l'eau, dans un foulard démarqué, peu d'heures après sa naissance, probablement entachée d'inconséquences, entra en ce moment et déposa à mes pieds un bouquet de fleurs rares, entouré de papier glacé.

Je tressaillis, car leur odeur attaqua mes nerfs d'une façon à la fois délicieuse et irritante. Je mordis la troisième de mes suivantes et Luciole, la quatrième, une Suissesse sans goitre de la plus grande beauté, ayant témoigné sa surprise, reçut de moi un dangereux coup de pied dans les lombes.

Cela était si éloigné de mon caractère que mes autres confidentes s'enfuirent et ne sont jamais revenues.

À l'intérieur du bouquet de fleurs rares était une lettre en chiffres, accompagnée d'un autre papier qui en donnait la clef.

Si j'avais gardé quelques doutes, ils se seraient évanouis à la vue de cette double précaution, dénotant une grande délicatesse.

– Qui que tu sois, m'écriai-je en moi-même, ô mon jeune inconnu ! tu n'appartiens pas à la simple bourgeoisie.

La lettre était ainsi conçue :

17, 34594, 2903549669…

Mais il vaut mieux vous la traduire en langue vulgaire :

Ma chère demoiselle Elvire,

La génération spontanée est une idée toute moderne. J'ai lieu de croire que j'en suis le produit. Mon berceau fut la solitude sablonneuse et aride. Je n'ai ni père, ni mère, ni oncle, ni tante, ni cousin, ni cousine. Je pourrais prolonger cette énumération, je préfère vous dire en un seul mot que je suis à l'abri de toute espèce de famille.

Cela me rend indépendant et pensif.

Ma famille, c'est l'humanité !

Vous me demanderez peut-être alors pourquoi on m'appelle « le Fils de la Condamnée ».

Ceci monte une courte explication. Vous n'ignorez pas les soins que les Arabes accordent à leurs coursiers. Non seulement ils les nettoient avec minutie, mais encore ils partagent avec eux leur propre nourriture. En outre, ils en éloignent avec sollicitude toute cause de maladie.

Par une claire matinée de printemps, Saali, la plus belle jument des haras de Ben Hadour, fut accusée de maladie. Le conseil des vétérinaires du Sahara l'examina et la condamna à être abattue, mais Abd-el-Kader, son maître, chargé de l'exécution, eut pitié d'elle. Il fallait cependant qu'elle disparût, dans l'intérêt des autres cavales.

Abd-el-Kader lui attacha au cou un sac de dattes et un panier de maïs, puis, l'ayant conduite aux confins du territoire, il lui dit en versant des larmes : « Ô ma cavale préférée, Allah est Allah ! tu es incommodée d'une maladie incurable. Fuis jusqu'aux ruines de Palmyre où est l'herbe de la guérison. »

Palmyre, aussi nommée Cadmor, dut son origine au roi Salomon, célèbre par ses dérèglements et sa sagesse. Elle fit un grand commerce de commissions et de transit, sous l'incomparable Zénobie, veuve d'Odenat. Des voyageurs y trouvèrent mon berceau, je suis musulman par mon baptême.

J'étais né depuis quelques heures au sein même des splendides décombres, sur le seuil d'un palais ruiné qui portait le n° 179 de la rue de l'Euphrate. Quel fut mon étonnement de voir arriver Saali ? On naît médecin. Je la guéris malgré mon peu d'expérience. En retour, elle me nourrit de son lait.

Saali avait été condamnée par le conseil des vétérinaires du Sahara ; j'étais le nourrisson de Saali ; ne vous étonnez plus qu'on m'ait nommé « le Fils de la Condamnée», rien de plus logique…

Ici, l'atelier des Piqueuses de bottines manifesta son mécontentement par des murmures et Anaïs, la gérante, crut pouvoir demander à la belle Elvire :

– Est-ce qu'elle va durer longtemps, la lettre du docteur ?

Léocadie ajouta :

– Elle est drôlement tannante !

Elvire de Rudelame-Carthagène, réprima un mouvement de colère.

– Vous eussiez mieux aimé, filles du peuple, que le suave Fandango eût reçu le jour dans les cachots de l'inquisition ou au pied de la guillotine ! Il vous faut des émotions acres et poivrées ? C'est bien ! ma position malheureuse exige une grande prudence, je vais abréger.

Saali était musulmane. Quand Fandango fut reçu docteur, il traversa les mers avec elle et vint à Paris.

Saali traîne maintenant le fiacre de Mustapha. Elle est heureuse.

Je passe une grande quantité de pages et j'arrive à la fin :

> Mon passé est un abîme, mon présent un poème, mon avenir une vapeur ! »… Voilà pourquoi, ma chère demoiselle, j'ai pris ce déguisement de porteur d'eau, qui était indispensable.
>
> Minuit sonnant, à l'aide d'un truc connu de moi, je pénétrerai dans votre chambre à coucher par la cheminée. Si vous vous y opposez, sonnez du cor par trois fois : si au contraire, vous exaucez mes vœux, mettez une fleur de pervenche à votre boutonnière.
>
> Celui qui vous aime plus que la vie,
>
> CORIOLAN « le Fils de la Condamnée.

Je n'ai pas besoin de spécifier que cette lettre ne calma en rien ma fièvre brûlante. Comme j'en achevais la lecture, l'organe de mon séducteur s'éleva au lointain et lança une dernière fois dans l'atmosphère ce cri caractéristique :

– Qui veut d'l'eau… au !

J'appelai Olinda et j'eus des spasmes douloureux sur son sein.

Ma perplexité était indescriptible comme le caméléon lui-même.

Devais-je sonner du cor ou attacher une fleur de pervenche à mon corsage ?

Ma pudeur penchait vers le cuivre, mon amour allait vers la fleur.

Je n'avais jamais vu Coriolan, il est vrai, mais sa lettre dont vous m'avez contrainte à couper la portion, la plus attachante, allumait dans mes veines un véritable incendie.

Néanmoins, la pudeur fut en moi, la plus forte. J'allais saisir le cor, lorsque Olinda qui devinait mon cœur, me tendit la pervenche fatale…

– À la bonne heure ! s'écria d'une seule voix l'atelier des Piqueuses de bottines réunies.

– Le sort en était jeté, reprit la jeune accouchée. Je fis un bout de toilette et j'attendis la douzième heure, en proie à des sensations inexprimables.

Minuit sonna. Un bruit qu'il serait malaisé de définir se fit entendre dans le tuyau de ma cheminée.

Malheureusement, elle était à la prussienne. Je m'attendais à chaque instant à voir déboucher mon Coriolan, semblable à un immortel, quoiqu'un peu souillé de suie. Rien ne vint. Le conduit était trop étroit.

Après une demi-heure d'angoisse, pendant laquelle les gémissements inarticulés de mon séducteur me brisèrent l'âme cent fois, Olinda me dit :

– Il n'y a pas à tortiller, il faut aller chercher le fumiste !

L'idée d'un pareil scandale m'arracha des hurlements.

Le fumiste ! à cette heure de la nuit, et qu'allait-il trouver dans le tuyau de la cheminée ?

Il faut avoir passé par ces traverses pour en soupçonner l'amertume.

Mais à de pareilles heures, l'âme se raidit et acquiert un ressort incalculable.

Il me restait quatre confidentes, j'ordonnai à trois d'entre elles de parcourir les corridors de l'hôtel et de verser des narcotiques puissants à tous ceux qui n'étaient pas encore endormis.

Cette précaution me garantissait le mystère.

Quant à Olinda, je l'envoyai chez le fumiste.

Elle avait mis un masque pour n'être point reconnue dans l'obscurité.

Moyennant une somme considérable, le fumiste consentit à quitter les moiteurs de son lit et se laissa bander les yeux. En cet état, on le fit monter dans un fiacre sans numéro, et après mille détours, on l'arrêta à la porte de l'hôtel.

Tout y dormait ; l'effet du narcotique avait été instantané : Olinda et le fumiste trouvèrent les corridors jonchés de serviteurs plongés dans le repos.

Ils entrèrent chez moi par une porte dérobée dont nul ne soupçonnait l'existence, et le fumiste ayant ôté son bandeau, je poussai un long cri de satisfaction.

C'était le Rémouleur !

– Je savais tout, me dit-il avec cordialité. J'ai éloigné le vrai fumiste sous un prétexte et j'ai pris place dans son lit, pour le cas où le Fils de la Condamnée aurait besoin de moi... À l'ouvrage !

Il se mit alors à attaquer le mur de ma chambre avec un marteau de maçon entouré de vieux linge, pour empêcher le bruit.

Olinda avait eu une jeunesse déréglée, mais elle n'avait jamais connu le véritable amour. À son regard qui enveloppait le faux fumiste comme une flamme, je devinai le besoin secret de son cœur.

– Jeune Grecque, lui dis-je, veux-tu épouser cet inconnu ?

Elle se jeta à mes pieds et embrassa mes genoux pour cacher son trouble. Je la relevai en murmurant à son oreille avec une caresse :

– Attends qu'il ait démoli le mur, je bénirai votre union.

Le Rémouleur, cependant, éprouva une certaine difficulté à percer ce vieux plâtras. Son marteau rebondit plusieurs fois contre des ossements humains, car le palais de mes ancêtres était presque entièrement bâti avec les produits de leurs crimes. Il relira une grande quantité de squelettes ayant appartenu à de vieilles chanoinesses ou à de jeunes vierges. Aussitôt qu'il eut pratiqué un trou assez grand pour donner passage à un homme, une voix sonore et agréable sortit de la cheminée.

– Qui vive ? demanda-t-elle avec anxiété.

– Malade du docteur Fandango, répondit le Rémouleur sans hésiter.

– Aucun des trois Pieuvres mâles de l'impasse Guéménée n'est à l'horizon ? demanda encore la voix agréable.

– Aucun.

– La fille de l'assassin de sa famille a-t-elle sonné du cor par trois fois ?

– Non, au contraire, elle a une fleur de pervenche à son corsage.

– C'est bien !… Compagnons de l'humanité, sortez de votre asile !

Aussitôt s'élancèrent du trou le jeune et vaillant Mustapha, mon cousin par alliance, qui dissimule ses ancêtres sous la profession de cocher de fiacre, Simon le joueur d'orgues, Mandina de Hachecor, vêtue d'un domino noir, le véritable Silvio Pellico et d'autres. L'avant-dernier était le prêtre éthiopien, dont j'ai omis de vous parler jusqu'à ce jour. Je remarquai avec étonnement que cet ecclésiastique n'avait qu'un bras, qu'une jambe et qu'un œil.

Le dernier était le Fils de la Condamnée.

CHAPITRE VII
Trahison !

Il faudrait la plume d'or des poètes pour vous dire l'effet produit par l'anecdote des aventures du faux fumiste sur les Piqueuses de bottines réunies.

– Aviez-vous cru, s'écria tout à coup mademoiselle de Rudelame en pleurant, fusse pendant le quart d'une seconde, aviez-vous cru, jeunes filles du commun, que la descendante de mes aïeux, l'amante de Coriolan, était coupable ?

La présence seule du prêtre éthiopien doit vous dire avec quelle régularité les choses se passèrent.

Le docteur Fandango ôta son costume de porteur d'eau ; il avait par-dessous des vêtements propres et d'une étonnante magnificence. À son médium était le diamant du Vieux de la Montagne qui lui fut donné par la reine. Tous les ordres étrangers brillaient sur sa large poitrine. Il s'était fait la barbe peu de temps auparavant.

Que dire ? Vous connaissez sa beauté. Tous les jolis garçons qui l'entouraient avaient l'air de ses domestiques.

Il mit un genou en terre devant moi et me passa au cou un joyau en corail aquatique, d'un prix extravagant, aussi précieux par la matière que par le travail, en murmurant :

– Vierge adorée, ceci est la croix de ma mère !

Son émotion était maladive. Il ajouta :

– Grâce aux effets du porteur d'eau, j'ai surmonté tous les dangers inséparables de mon entreprise. Désormais, soyons tout au bonheur.

Sur un geste de lui, les lambris de ma chambre à coucher furent immédiatement tendus de satin vert clair, parsemé de bouquets de topaze. On répandit des parfums sur le tapis, tandis que d'autres aromates brûlaient dans les cassolettes orientales. Un autel se dressa en face de la cheminée à la prussienne.

Simon avait apporté son orgue de barbarie, et c'était justement cet objet qui n'avait pas pu passer par le tuyau.

Il joua dessus plusieurs morceaux tendres et anacréontiques.

Puis, le prêtre mutilé d'Éthiopie nous unit devant Dieu.

Il unit aussi, par la même occasion, le Rémouleur et Olinda, ma première confidente.

La cérémonie se passa très bien, sauf un incident, en apparence vulgaire, mais qui aurait dû nous donner à réfléchir. Au moment où le prêtre nègre prononçait sur nos têtes de saintes paroles, en un langage incohérent, il éternua. Nous nous aperçûmes qu'un vent coulis venait du côté des fenêtres ; elles étaient restées entrouvertes, on courut les fermer, mais il était trop tard. Le prêtre d'Éthiopie qui n'avait qu'un bras, qu'une jambe et qu'un œil ajoutait maintenant un rhume de cerveau à ces fâcheuses infirmités.

Est-ce pour vous entretenir de ce détail que j'ai parlé des fenêtres ouvertes ? Non ! Au travers des carreaux, le noble Mustapha crut voir une tête de hibou.

Il s'approcha pour mieux regarder et aperçut dans le feuillage des sycomores, plantés en rond autour du bassin de Mercure, une multitude d'ombres humaines et fugitives.

La lune qui se cacha sous un nuage opaque, cessa d'éclairer la nature. Mustapha crut s'être trompé. Il ne parla point. Il eut tort. Un seul mot tombant de sa bouche nous eut épargné un épouvantable péril et neuf mois de tortures atroces, qui me furent particulières et privatives, car mon Coriolan resta libre.

La cérémonie achevée, Mandina de Hachecor qui me servait de dame d'honneur, fit comprendre au reste de l'assemblée que l'heure de la retraite avait sonné. Nos amis s'éloignèrent au son de l'orgue de barbarie qui jouait un air connu, dans les corridors, pour étouffer le bruit de leurs pas.

Coriolan était enfin seul avec son Elvire.

Ô jeunes filles, mesurez la nouveauté de cette situation. Nous étions mariés, nous nous aimions avec délire, et c'était la première fois que nous nous rencontrions dans le monde !

Mais il avait acheté ma photographie, et sa brillante renommée me le rendait familier,

Il prit place auprès de moi, sur le sopha, si jeune, si beau et surtout si bon que je m'accoutumai à lui tout de suite, puis le sommeil nous gagna tout doucement.

Puissance divine ! Quel réveil nous attendait !

La vision du noble Mustapha, dont il a été précédemment question, n'était pas une chimère. Le visage de hibou, aperçu à travers les carreaux, appartenait à mon bisaïeul, et les formes sombres, perchées dans les sycomores, étaient celles de ses sicaires.

Une de mes confidentes avait trahi notre secret.

Mon bisaïeul, éveillé en sursaut, vers minuit, avait vu près de sa couche cette fille sans entrailles Herminie, native du Bas-Meudon, celle-là même qui m'avait apporté le bouquet de fleurs rares, entouré de papier glacé.

– Pendant que vous dormez, lui dit-elle, imprudent vieillard, votre arrière-petite-fille est en train de se mésallier à un porteur d'eau alsacien.

Le duc bondit hors de ses draps, il se trouvait devant une personne de l'autre sexe, n'importe, son grand âge le forçant à porter toujours des pantalons de flanelle, il était en état. Il appela ses valets ; ce fut en vain : le narcotique faisait admirablement son office, les tenant enchaînés dans le sommeil. Alors, sachant bien qu'il ne pouvait s'attaquer tout seul au Fils de la Condamnée, il monta au sommet d'une tour et alluma le phare.

Un quart d'heure après, trente-huit à quarante pieuvres mâles des divers impasses de Paris, arrivaient à l'hôtel. Vous avez deviné que le phare était un signal.

Mon bisaïeul les rassembla dans la grotte et leur dit sans préambule :

– J'ai assez vécu pour voir le déshonneur de ma maison. Coriolan Fandango, natif des ruines de Palmyre, en Asie, exerçant la médecine à Paris, sans diplôme, a pénétré dans mon domicile à la faveur d'une veste de porteur d'eau, et s'est uni aussitôt à ma riche héritière.

– Qui vous a révélé ce mystère ? demanda la pieuvre mâle de l'impasse Tivoli.

Mon bisaïeul montra Herminie du Bas-Meudon.

Cette infortunée tomba, frappée de trente-huit à quarante coups de yatagan.

– Comme cela, dit la hyène de l'impasse Tivoli, elle ne fera plus de cancans dans le voisinage.

M. le duc approuva d'un signe de tête et reprit :

– Je suis dans l'embarras. Que chacun me donne son avis avec franchise.

Les Pieuvres s'assirent sur les tombes et la délibération commença.

L'ancien professeur de la cité Jarie proposa d'introduire du méphitisme pur dans la chambre nuptiale, à l'aide d'un tube en gutta-percha ; Carapace offrit d'inoculer aux deux époux une maladie charbonneuse ; la hyène de l'impasse Tivoli conseilla de les étouffer en faisant tomber sur eux le plafond de leur appartement, mais mon bisaïeul repoussa ces divers expédients comme ayant déjà servi.

Il fut interrompu par plusieurs coups vigoureux frappés à la porte.

– Qui vive ? demanda aussitôt Silvio Pellico.

– C'est moi ! répondit une voix qui fit tressaillir la jeune Grecque.

– Cet organe… commença-t-elle.

– Moi, poursuivit la voix, Frigolin de Torboy, qui, empêché il y a neuf mois par une circonstance imprévue, n'ai pu venir au rendez-vous.

On pouvait l'en croire, c'était un connaisseur.

– Dans les veines de la trop coupable enfant, dit-il en parlant de moi, est renfermée la dernière goutte du sang de Rudelame-Carthagène. Je veux la garder vivante, afin de la torturer à mon aise. Boulet-Rouge, la principale pieuvre mâle de l'impasse Guéménée, n'a pas encore parlé. Son expérience m'étant connue, je l'adjure de me fournir un truc pour anéantir le Fils de la Condamnée sans exposer les jours d'Elvire.

Boulet-Rouge se leva. Chacun connaît l'emplâtre de dimension inusitée qu'il porte sur son visage pour éloigner tous les soupçons. Il le repoussa un peu de côté et dit :

– En fait de procédés, on n'a qu'à choisir.

Les inventions nouvelles offrent un champ fertile. Il suffira de prendre un fil de métal, bon conducteur, et d'en isoler l'extrémité. Vous ferez passer le fil à travers le corps des deux mariés, en ayant soin toutefois que la partie isolée soit seule dans l'estomac de mademoiselle de Rudelame. Vous enverrez alors une dépêche qui ravira le jour à Fandango, en passant, mais qui, arrêtée par la matière isolante, épargnera l'existence de la jeune et belle Elvire.

La simplicité de cet appareil réunit tous les suffrages. On leva la séance pour s'occuper des voies et moyens.

Pendant que, plongés dans une sécurité trompeuse, Fandango et moi, nous dormions, tout conspirait ainsi contre notre bonheur.

À trois heures et demie du matin, je fus réveillée par un léger bruit. Aux lueurs vacillantes de la lampe d'opale, je vis un spectre à la fois fantastique et plein d'une effrayante réalité. Le plafond était ouvert, le plancher était crevé. Trente-huit à quarante pieuvres mâles surgissaient du sol ou descendaient en rampant le long des lambris, tendus de satin vert clair. Il y en avait qui se glissaient sur le tapis comme des sauriens gigantesques. Il y en avait qui dégringolaient par les colonnes de notre couche.

Au centre de la pièce, mon bisaïeul, que je reconnus seulement à son visage de hibou, car un costume de lancier polonais dissimulait sa vétusté, mettait la dernière main à l'appareil électrique.

Je crus être le jouet d'un rêve jusqu'au moment où on donna le signal, qui était un chant d'alouette, à cause de l'heure matinale.

Mon bisaïeul retroussa aussitôt les manches de son uniforme et se mit en devoir de passer l'appareil au travers de nos corps.

Je ne pus m'empêcher de jeter un cri.

Aussitôt, les trente-huit à quarante yatagans sortirent hors du fourreau, tandis que mon époux, réveillé en sursaut et comparable aux demi-dieux du paganisme, cherchait son revolver afin de se mettre en défense. Il ne le trouva pas, M. le duc le lui avait volé. Alors, le Fils de la Condamnée poussa une exclamation terrible, à laquelle répondit le braiment de son cerf vivant qui l'attendait sous la charmille.

– Vampires ! dit-il avec force, coléoptères ! rebuts des civilisations et de l'histoire naturelle, il me reste une ressource.

Et roulant avec rapidité sa cravate autour du cou de l'hyène de l'impasse Tivoli, il l'étrangla comme si c'eut été un enfant naissant.

Les autres conjurés frappés de ce tour d'adresse, reculèrent. Il n'en fallut pas davantage. Fandango s'élança dans la cheminée à la prussienne et disparut à tous les regards.

Presque aussitôt après, on entendit le galop du cerf dans les bosquets, et une voix terrible éclata dans le silence de la nuit. C'était la sienne. Elle disait :

– Je m'éloigne sur mon cerf, natif comme moi, des ruines de Palmyre. Tremblez ! dans neuf mois, l'heure du châtiment sonnera !

– Il est sauvé ! m'écriai-je, je puis m'évanouir.

Et je perdis l'usage de mes sens, au moment où nos ennemis témoignaient de leur désappointement et de leur aigreur.

Quand je revins à la vie, je cherchai en vain la lumière du jour. On avait muré les portes et les fenêtres de ma chambre nuptiale, qui était transformée en tombeau.

Auprès de moi, il y avait un pain de munition, une cruche d'eau saumâtre et des noisettes. J'en cassai une avec indolence. Un papier s'en échappa...

CHAPITRE VIII
Adultère, inceste et bigamie

Certes, on ne trouverait pas beaucoup de jeunes dames capables de faire, un quart d'heure après leur accouchement, un récit de cette étendue et de cet intérêt. Ceci est une courte réflexion de l'auteur.

– C'était, poursuivit la bru de la Condamnée, car elle avait droit à ce titre, depuis son mariage avec le docteur Fandango, c'était un papier très fin, couvert d'écriture. Bien que je n'eusse point de chandelle, mes yeux habitués à l'obscurité, déchiffrèrent la signature de Boulet-Rouge.

La vue de mes jeunes appas avait adouci cette abrupte nature.

Il me marquait que, si je voulais habiter sa cabane, il consentait à étouffer la mère de ses enfants entre ses deux matelas.

Quel sauvage caractère, je méprisai son ouverture. Coriolan seul occupait mon cœur.

Où était-il ? Que faisait-il ? En quels lieux son cerf l'avait-il transporté ? Telles étaient les questions que je m'adressais dans mon délire. Combien de fois cassai-je mes noisettes avec émotion espérant une lettre de lui ! Puisque l'impur Boulet-Rouge avait bien eu l'idée de m'écrire par cette voie, Coriolan pouvait de même…

Puérile chimère ! Rien ! Ma situation était pénible et monotone. Je ne voyais personne, sinon le malheureux qui m'apportait chaque matin mon pain de munition, mon eau saumâtre et mes noisettes. On l'avait choisi sourd, muet et aveugle pour m'ôter toute chance d'essayer sur lui mes moyens naturels de séduction.

Les jours passèrent. La pensée d'abréger mon existence germa dans mon cerveau. Je la repoussai : j'étais mère !

La nuit de mes noces, au milieu des transports de son amour, le Fils de la Condamnée m'avait adressé ces paroles remarquables :

– Si jamais, madame Fandango, tu te trouves dans un embarras cruel, monte au dernier étage du palais de tes pères. Emporte avec toi sept bougies et allume-les dans les ténèbres. Je les verrai de loin et j'accourrai à ton aide.

Il avait ajouté :

– Moi, si j'ai besoin de toi, je lancerai dans les airs sept petits ballons rouges. Cela voudra dire : « Viens, je t'attends sous les voûtes du bazar Bonne-Nouvelle pour affaires. »

Hélas ! malgré sa capacité, il n'avait prévu que je serais enterrée vivante !

Le quinzième jour du quatrième mois. Je cessai d'être seule ; mon jeune Virtuté commença à s'agiter dans mon sein.

Le matin du jour suivant, je reçus une lettre du vil Boulet-Rouge. Elle était ainsi conçue :

> Toi qui a repoussé mes caresses, veux-tu connaître toute l'horreur de ton sort ? Compte dix-sept feuilles de parquet, à partir de l'endroit où tu es assise, soulève la dix-huitième planche qui recouvre un puits profond, descends dans le puits, tourne à gauche, prends la onzième galerie à droite, monte treize marches, fais le tour de la colonne et cherche un bouton de métal. Pèse dessus de droite à gauche. La colonne s'ouvrira et tu verras ta destinée !
>
> Signé : « Celui dont tu as enflammé les caprices. »

J'attendis le soir, et poussée par une curiosité maladive, je comptai les dix-sept planches, je soulevai la dix-huitième. Le puits profond se présenta à mes yeux. J'y descendis et suivis dès lors de point en point l'itinéraire tracé par cet odieux libertin de Boulet-Rouge.

Quand la colonne s'ouvrit, j'aperçus un spectacle fait pour m'étonner. Un immense corridor souterrain était devant mes yeux. Une lampe sépulcrale l'éclairait de lueurs fugitives et montrait à perte de vue son sol carrelé de noir et de blanc comme un tombeau.

À côté de la galerie était un écriteau qui portait ces mots caractéristiques : VICTIMES APPARTENANT À LA FAMILLE DE RUDELAME-CARTHAGÈNE.

Au-dessous, et à droite, un second écriteau disait : CÔTÉ DES HOMMES. À gauche, un troisième : CÔTÉ DES DAMES. Il y avait à droite trente cellules creusées dans le roc, à gauche, trente. En tout, cela faisait soixante cellules. Dans les quinze premières de chaque côté se trouvaient trente cercueils. Sur les trente autres, il y en avait vingt-neuf qui étaient habitées par des créatures vivantes dont les noms étaient tracés sur les portes.

Mon nom était sur la trentième !

J'eus le courage d'ouvrir tour à tour ces vingt-neuf portes pour voir ce qu'il y avait à l'intérieur. J'y trouvai uniformément, auprès des reclus de l'un et l'autre sexe un pain de munition, une cruche d'eau saumâtre et des noisettes. Seulement, on y ajoutait un casse-noix, quand le captif était d'un grand âge.

Et savez-vous quels étaient les habitants de ces niches ? Les fils, les filles, les gendres et les brus de mon bisaïeul : mon père, ma mère que je croyais décédée, mon grand-père, ma grand-mère dont j'avais pleuré le trépas, l'oncle de Mandina, la tante de Mustapha…

Ils étaient enchaînés étroitement. Aucun d'eux ne me reconnut. À l'aide d'une préparation chimique, on leur avait enlevé la mémoire.

Comme je revenais sur mes pas, car j'en avais assez, une voix moqueuse autant que barbare sortit des profondeurs du souterrain. Elle me dit :

– Eh bien ! Elvire de Rudelame, refuses-tu encore la position modeste mais honorable de ma compagne assassinée ?

Cette voix appartenait à Boulet-Rouge.

J'y répondis par le silence de l'horreur...

Le pénultième jour du neuvième mois qui était avant-hier, ma tombe s'éclaira tout à coup. À sa tête de hibou, je reconnus mon bisaïeul.

Il était accompagné de trois médecins habiles qui m'examinèrent avec attention.

– Cette jeune personne, dit le premier, est dépourvue de toute infirmité. Elle accouchera sous quarante-huit heures.

Les autres prononcèrent des paroles scientifiques et l'un d'eux fit remarquer que mes attraits avaient résisté au pain de munition et au reste.

– Ah ! m'écriai-je, ces appas sont mon malheur. Au nom du ciel, donnez-moi des nouvelles de mon époux.

Mon bisaïeul me jeta un regard perçant.

– Qu'on achète une quantité suffisante d'alcool ! commanda-t-il, et qu'on prépare un bocal, afin d'y mettre, aussitôt après sa naissance, le petit-fils de la Condamnée.

Il sortit par la brèche qui avait été pratiquée pour son entrée.

D'après un ordre émané de lui, je fus placée sur un brancard et portée au plus haut étage de la maison, afin d'avoir de l'air pendant mes couches.

Vous l'avez deviné.

Quand l'obscurité eut remplacé la lumière du soleil, j'allumai sept bougies que je plaçai derrière mes carreaux. La nuit m'empêcha de voir si les sept ballons voltigeaient dans l'atmosphère, mais, vers minuit, plusieurs chanteurs tyroliens s'arrêtèrent devant l'hôtel. Mon cœur battit. J'avais reconnu Coriolan parmi eux.

Avec une fronde, il lança un caillou jusqu'à ma retraite. Le caillou était enveloppé d'un papier blanc sur lequel étaient écrits ces seuls mots :

Approchez-le d'un feu ardent.

J'obéis, et aussitôt d'autres caractères apparurent, formant un billet ainsi conçu :

L'encre sympathique est connue depuis longtemps ; ce n'est pas moi qui l'ai inventée, mais la prudence m'a commandé d'en faire usage.

Pendant ces neuf mois, j'ai été fort occupé.

Au moment où l'incendie s'allumera, tiens-toi prête à jeter l'échelle de soie. Je monterai te chercher avec Mustapha et le gendarme.

> Tu nous reconnaîtras à ces divers signes : Le gendarme aura une pomme d'amour à la place du cœur, Mustapha, un réséda à sa casquette, et moi, le ruban des saints Maurice et Lazare.
> Nous murmurerons tous les trois en arrivant : Paris !
> Tu répondras à voix basse : Palmyre !
>
> *Coriolan*, « le Fils de la Condamnée. »

Je baisai ce papier avec ardeur, mais il me jeta dans une perplexité insurmontable. De quel incendie parlait mon époux ? Et s'il mettait le feu au palais, que deviendraient les vingt-neuf victimes du souterrain ?

Un adolescent, nommé Gringalet, qui est le fruit d'une faute commise par l'huissier de notre famille, descendit du toit et frappa trois coups à mes carreaux. J'ouvris ma fenêtre.

Gringalet n'eut que le temps de prononcer précipitamment ces paroles :

– Avalez les papiers. Les voilà !

En effet, j'avais encore le billet dans ma gorge, quand mon bisaïeul entra avec l'huissier de la place des Vosges, porteur d'une liasse de parchemins considérables.

Derrière eux, venaient les trois Pieuvres mâles de l'impasse Guéménée.

Derrière encore, de nombreux domestiques avec des tables, des tapis, des sièges, une escabelle : tout ce qu'il faut enfin pour meubler une chambre destinée à servir de tribunal de famille.

M. le duc prit place, sur une sorte de trône, les trois Pieuvres mâles l'entourèrent ; l'huissier de la place des Vosges s'installa à la petite table du greffier et moi je dus m'asseoir sur la sellette.

Les valets furent congédiés.

– Messa, Sali, Lina, dit mon bisaïeul, vous êtes les témoins et l'auditoire. Cette coupable enfant est l'accusée. Mon huissier est le greffier, je suis le juge. Nous constituons une cour de haute et basse justice. J'en ai le droit par les chartes des anciens rois de France.

L'huissier frappa sur ses parchemins. C'était vrai.

Au-dehors Gringalet, par des menaces et des pieds de nez, témoignait du mépris, que lui inspirait son père naturel.

– Fille ingrate et perverse, savez-vous dans quel abîme de forfaits vous vous êtes plongée ? demanda mon bisaïeul.

– Je sais que je suis innocente, répliquai-je avec l'assurance de la candeur.

– Innocente ! répéta-t-il, vous allez en juger vous-même. Mon grand-père, le premier duc de Rudelame avait un fils adultérin qui se nommait Inaniquet. Ce fils adultérin étant devenu pubère, séduisit la duchesse, ma mère : je suis né de cet inceste. N'êtes-vous pas la fille de mon petit-fils ?

– Si bien ! répondis-je, pour mon malheur.

– Parfait ! ce Inaniquet est marié à une princesse arabe qui vit en Lombardie. On le connaît dans Paris sous le nom du docteur Fandango !…

– Ô ciel ! m'écriai-je.

– Vous êtes, par conséquent, la femme du père incestueux, adultérin et bigame de votre bisaïeul ! Je crois qu'un pareil fait ne s'est jamais produit dans les œuvres d'imagination !

– Mais, objectai-je, l'âge de mon Coriolan...

– Il doit sa jeunesse apparente aux prodiges de la chimie, interrompit le duc. Vous sentez bien que vous ne pouvez rester dans un pareil état... Doutez-vous encore ?... Huissier de la place des Vosges, montrez-lui les papiers qui le prouvent.

C'était exact. On me prodigua les preuves authentiques de ma honte. Mon bisaïeul poursuivit :

– Heureusement, votre mariage est nul comme ayant été cimenté par une moitié d'ecclésiastique ; le prêtre d'Éthiopie n'a qu'une jambe, qu'un bras et qu'un œil... Voici un homme du peuple (il montrait l'odieux Boulet Rouge) qui consent à donner son nom à votre enfant. Trop pur pour encourir le reproche de bigamie, il s'engage à noyer sa femme instantanément.

– Avec plaisir, dit Messa.

– Et si vous refusez, acheva mon juge, on va faire sur vous l'essai d'un supplice nouveau consistant à peler la personne comme une pomme, et à saupoudrer sa chair de poivre rouge...

À cet instant précis, des clameurs confuses s'élevèrent au dehors, et les serviteurs épouvantés revinrent, disant :

– Fuyez, mon seigneur, le palais est en flammes !

49

CHAPITRE IX
Le grand chef des Ancas

La belle Elvire s'arrêta, suffoquée.

On se souvient de cette particularité qui était alors un mystère : Mandina avait vu le ciel rouge dans la direction de l'occident. Ce n'était pas le château de Mauruse qui était la proie du feu, c'était le palais du faubourg Saint-Honoré.

– Hélas ! reprit la narratrice, je n'étais pas encore sauvée. Cet incendie, allumé par les soins de mon époux, se produisit dans un moment incommode. Entourée comme je l'étais, comment jeter l'échelle de soie qui devait conduire jusqu'à moi mes libérateurs ?

Je fus enlevée par les trois Pieuvres mâles de l'impasse Guéménée, qui me firent sortir du palais par des escaliers dérobés et des couloirs obscurs. Ces souterrains aboutissent au puits de Grenelle.

On m'emmena ensuite à travers les rues. Messa, Sali et Lina nous quittèrent pour affaires ; je ne sais ce que devint l'huissier de la place des Vosges. Rue de Sévigné, je fus prise des douleurs de l'enfantement, et vous savez le reste. Plaignez mes infortunes.

Nous renonçons à peindre la physionomie générale de l'atelier des Piqueuses de bottines réunies, à la fin de ce récit aussi long que surprenant.

Nous préférons revenir en toute hâte à la chambre voisine où le sanguinaire Boulet-Rouge se préparait à immoler le nouveau-né. Messa, Sali et Lina ignoraient la série des circonstances qui avaient amené Elvire et son fils, Virtuté, à la Maison du Repris de justice. Ils ne savaient même pas que la malheureuse jeune femme fut accouchée.

En quittant M. le duc, ils étaient allés tuer quelques malades du docteur Fandango, pour accomplir le traité qui les obligeait à fournir tous les jours soixante-treize victimes. Ce chiffre n'avait pour eux rien d'exagéré. L'habitude est une seconde nature.

S'ils avaient pu deviner qu'ils étaient là en présence de Virtuté, le petit-fils de la Condamnés, destiné, dès son entrée dans la vie, à périr dans de l'esprit de vin, ils n'auraient pas hésité, mais ils le prenaient pour un enfant du commun, fruit insignifiant d'une piqueuse de bottines et d'un prolétaire. Ils ne se pressaient point, d'autant que la frêle créature ne portait pas encore la marque particulière du docteur Fandango.

Boulet-Rouge était indécis sur la manière dont il allait l'immoler. Il avait le choix entre le poignard, le poison, ou la strangulation ; il pouvait aussi lui appliquer un masque de poix sur le visage ou lui chatouiller la plante des pieds jusqu'à extinction. Il préféra lui enfoncer une aiguille anglaise dans la tempe, parce que cela ne laisse pas de trace.

Pendant qu'il prépare, en se jouant, l'exécution de ce forfait, nous passerons de l'autre côté de la rue de Sévigné et nous introduirons le lecteur dans la retraite modeste du célèbre Silvio Pellico.

Ce respectable vieillard avait été ressuscité par le docteur Fandango au moyen d'un procédé occulte. Il avait compris que les détails de sa mort et de sa captivité compromettaient son honorabilité dans sa patrie, et il était venu s'établir à Paris.

Sa succession ayant été recueillie par ses héritiers, il vivait des bienfaits du généreux Mustapha qui l'avait adopté pour aïeul.

Sa demeure servait souvent de lieu de réunion aux loyales natures qui défendaient la cause du Fils de la Condamnée.

Ce soir, nous n'avons pu l'oublier, c'était chez lui que Mandina de Hachecor, le Rémouleur, le Joueur d'orgues et le Cocher de citadine avaient cherché un asile, après l'explosion de la machine infernale. Ils y trouvèrent le gendarme et quelques autres bons cœurs, réunis autour d'Olinda, la jeune Grecque, ancienne première confidente d'Elvire. Elle était en mal d'enfant, parce que, mariée à la même heure que sa maîtresse, elle devait accoucher à la même époque. Telles sont les lois imprescriptibles de la science. Une scène attendrissante eut lieu dans cette étroite enceinte. Quand le vénérable Silvio Pellico vit que Mustapha était veuf d'une oreille, il se livra aux marques du plus violent désespoir.

– Personne ne sortira d'ici avant d'avoir été fouillé avec soin, s'écria-t-il en proie à une animation peu ordinaire. Il faut que l'oreille de mon jeune bienfaiteur se retrouve. Et d'abord quelque traître ne se serait-il pas glissé parmi nous ?

– Nous avons déjà échangé les signes convenus, objecta Mandina.

– Jeune insensée, répliqua Silvio Pellico, la vie a-t-elle été toujours sans reproches ? Le gendarme a-t-il à se louer de ta conduite ? Tu n'as pas la parole. Ignores-tu à quel point est aujourd'hui poussé l'art de déguisement ? Dans une assemblée secrète, il serait bon maintenant de varier toutes les dix minutes les signes et les mots d'ordre. Une pieuvre mâle, un chacal, un mohican, un habit noir, une casquette verte, peut prendre à chaque instant la taille et le visage de l'un de nous. Penses-tu ce qui arriverait, si les Fléaux des divers impasses parvenaient à pénétrer nos secrets !

Tout en parlant, il lavait avec son mouchoir imbibé d'un précieux vulnéraire, la place où était autrefois l'oreille droite du loyal Mustapha. Chacun respectait sa douleur. Il reprit :

– L'homme a besoin de deux oreilles. Une seule oreille est contraire aux lois de la symétrie. Mustapha, ou plutôt Faustin d'Apreval ! car après un pareil malheur, je ne saurais plus dissimuler ton antique et illustre origine, quelle figure vas-tu faire auprès de la princesse ton amante ?

Les assistants écoutaient stupéfaits. Le gendarme fit un pas en avant.

– Si vous êtes véritablement Faustin d'Apreval, dit-il, ma mission est accomplie !

– La mienne aussi ! s'écria le Rémouleur qui ôta sa perruque rousse et laissa voir des cheveux châtains de la nuance la plus chatoyante.

L'ecclésiastique Éthiopien demanda un couteau.

Ayant fendu sa soutane, il en retira un bras d'abord, puis une jambe, tous deux bien conformés, puis, il enleva un appareil ingénieux qui recouvrait un de ses yeux, puis enfin, dépouillant une peau factice dans laquelle il vivait depuis longtemps, il apparut blanc et propre à tous les regards.

– Amoroso ! murmura Mandina prête à se trouver mal.

Le Joueur d'orgues, sans y songer, exécutait sur son instrument un des morceaux les plus émouvants de la *Marseillaise*.

Silvio Pellico avait tout compris.

Il étendit ses mains tremblantes et dit :

– Je puis mourir à nouveau, puisque j'ai vu réunis encore une fois les cinq enfants de l'odalisque !

– Les six soupira Olinda qui avait achevé dans un coin le travail de sa délivrance et qui bondit au milieu du cercle avec un bel enfant dans ses bras.

Cela mit un froid. Silvio Pellico prononça les paroles suivantes à voix basse :

– Si Olinda est la fille de Princessina, l'odalisque Maugrabine, elle a épousé son frère ; ce n'est pas convenable.

– Parle ! ô mon époux, s'écria la jeune grecque avec un sourire angélique. Hâte-toi de dissiper leurs soupçons.

Le Rémouleur fit un geste pour réclamer le silence.

– Grâce au souverain arbitre de l'univers, dit-il, nous avons évité ce piège. La nuit des noces, et au moment même où j'entrais dans la couche nuptiale, ma sœur reconnut à mon cou le portrait du grand chef des Ancas qui me fut légué par notre mère. Elle poussa un cri et se rhabilla...

– Mais l'enfant !... interrompit Silvio non sans défiance.

– Votre âge avancé ne vous donne pas le droit de me couper la parole, répliqua le Rémouleur.

J'allais expliquer l'enfant. Ma sœur s'agenouilla près de moi et m'avoua que, la veille, elle avait cédé à l'amour d'un inconnu, qui devait la conduire à l'autel le lendemain. Comme ce lâche imposteur manquait à ses serments, Olinda...

Il fut interrompu par plusieurs coups vigoureux frappés à la porte.

– Qui vive ? demanda aussitôt Silvio Pellico.

– C'est moi ! répondit une voix qui fit tressaillir la jeune Grecque.

– Cet organe... commença-t-elle.

– Moi, poursuivit la voix, Frigolin de Torboy, qui, empêché il y a neuf mois par une circonstance imprévue, n'ai pu venir au rendez-vous.

– C'est lui, s'écria Olinda, c'est le père de Zélida !

Elle pressait l'enfant contre son cœur. Silvio Pellico fit remettre les divers déguisements, car il n'oubliait jamais les conseils de la prudence, et l'on ouvrit la porte au véritable époux d'Olinda, qui reconnut son petit, séance tenante.

Il portait le costume des droits réunis, mais c'était un mensonge. Ses parents étaient propriétaires et référendaires à la Cour des comptes.

Silvio Pellico réfléchissait.

– Ôtez de nouveau vos déguisements ! ordonna-t-il.

Et quand on lui eut obéi :

– Nous devons redoubler de précautions, parce que j'ai une importante ouverture à vous faire.

– Pour ne point blesser la pudeur, continua-t-il au bout d'un instant, messieurs, vous tournerez le dos aux dames ; mesdames, vous regarderez du côté où ne sont point les hommes, puis vous vous déshabillerez complètement afin de me laisser constater si vous portez tous le cachet particulier du Fils de la Condamnée. J'ai été cruellement trompé en ma vie. Je tiens à n'être plus victime d'aucune erreur. Mon grand âge m'autorise à faire cette constatation, sans offenser l'un ni l'autre sexe.

On lui obéit encore, mais en murmurant.

Aussitôt qu'il eut vu et contrôlé tous les cachets, il ouvrit ses bras et dit avec une émotion qui allait jusqu'au transport :

– Dans mes bras ! sur mon cœur ! tous ! tous ! Puisqu'il ne reste plus aucune énigme à deviner, je vais vous faire une dernière surprise, ô mes enfants ! reconnaissez l'auteur de vos jours. Je suis le grand chef des Ancas ! je suis le veuf de Princessina, l'odalisque Maugrabine !

Il est plus facile de se représenter l'effet de cette péripétie que de l'exprimer par des paroles.

– Ô mes enfants, se reprit tout à coup le vieillard, que la vieillesse vous rend donc léger et abominablement inconséquent. L'état de nudité dans lequel je viens de vous mettre en est une preuve évidente. Baissez les yeux, mes filles, et ne regardez pas ainsi vos frères ! Mes fils, baissez les yeux et gardez-vous de détailler ainsi vos sœurs ! Vite, reprenez vos vêtements.

Pendant qu'elles se rhabillaient, le vénérable ancêtre leur expliqua que, craignant les cancans, il s'était réfugié au Chili, que les Araucaniens l'avaient choisi pour leur roi, etc., etc.

Mais nul n'est parfait, au milieu de l'allégresse générale, ce vieillard entêté, reprit son idée fixe.

– Tout cela n'empêche pas, s'écria-t-il, que le généreux Mustapha n'a plus qu'une oreille. Maintenant qu'il est mon fils aîné, je tiens de plus en plus à ne pas le laisser dans cet état.

– J'ai sur moi une colle spéciale, dit le nouvel époux d'Olinda, j'en donnerais volontiers un morceau pour être agréable à mon beau-frère. Si on pouvait savoir où est l'oreille…

Il n'eut pas le temps d'achever. Silvio, leste pour son âge, s'était élancé vers son armoire qui s'ouvrait, bien entendu, à l'aide d'un bouton caché dans le mur. Il en retira une longue-vue, sur l'enveloppe de laquelle les initiales J.F.G.L.P. indiquaient qu'elle avait appartenue au malheureux navigateur Jean François Galoup de la Pérouse, commandant l'*Astrolabe* et la *Boussole*, mort en 1785, aux îles Vanikoro.

L'ayant développée à son point il se mit à la fenêtre et examina le pavé de la rue de Sévigné, pour voir s'il n'y découvrirait point l'oreille de Mustapha.

C'était juste au moment où Messa, Sali et Lina entraient dans la chambre au berceau, chez les Piqueuses de bottines réunies.

Nous avons noté comme quoi Tancrède, dit Chauve-Sourire, prisonnier chez Mandina à l'étage au-dessus, banda son arc et décocha une flèche à l'adresse de Silvio Pellico.

Cette flèche ayant traversé les airs atteignit le vieillard à la tête et lui coupa net l'oreille droite.

Loin de se lamenter, il poussa un grand cri de joie et revint vers sa famille en tenant son oreille à la main.

– Jeune étranger, dit-il à Frigolin de Torboy, ô mon gendre, préparez votre colle et que cette oreille appartienne désormais au noble Mustapha, pour prix de ses bienfaits.

Celui-ci voulut refuser, mais Silvio poursuivit :

– Ma carrière est fort avancée. Peu importe que je la termine avec une seule oreille puisque j'ai renoncé à l'amour depuis que Princessina n'est plus. Accepte cette oreille, mon fils, c'est celle d'un vieillard, elle écoutera les conseils de la prudence. En outre, tu n'auras plus besoin désormais de faire à tout bout de champ des signes pour te faire reconnaîtra. Il nous suffira de relever les belles boucles de tes cheveux et de voir mon ancienne oreille, pour constater ta présence à l'instant même.

Mustapha consentit enfin. Comme le nouvel époux d'Olinda achevait l'opération du collage, les regards de Mustapha se portèrent par hasard vers les fenêtres de l'atelier qui faisait face.

– Avez-vous du vieux linge ! s'écria-t-il d'une voix de tonnerre.

On ne le comprit point d'abord.

– Avez-vous du vieux linge ? répéta-t-il en proie à une exaltation croissante, du papier, de la laine à matelas, des chiffons, n'importe quoi ?...

Chacun le crut fou, mais sans s'arrêter à combattre cette erreur, il déchira les rideaux du lit et s'en fit une sorte de turban fort épais.

Puis, reculant de plusieurs pas pour prendre son élan, il dit d'une voix tonnante :

– Il faut sauver madame Fandango, ou mourir !

En même temps, il sauta par la fenêtre.

La famille de Silvio Pellico, que nous appellerons maintenant Grand chef des Ancas, le vit traverser l'espace. Sa tête alla frapper la fenêtre de la croisée des Piqueuses de bottines et l'enfonça.

C'était pour éviter le choc, inséparable d'une pareille entreprise, qu'il avait demandé du vieux linge.

CHAPITRE X
L'eau qui change les physionomies

Grâce à la précaution qu'il avait prise de faire un turban épais avec les rideaux du lit, le noble Mustapha entrant ainsi chez ses voisines à travers le châssis brisé d'une fenêtre, n'éprouva d'autre mal qu'un léger étourdissement, et même son oreille de vieillard récemment collée, ne bougea pas.

Pour expliquer la soudaineté désespérée de son acte, il nous est indispensable de retourner un peu en arrière.

Après le récit d'Elvire de Rudelame, bru de la Condamnée, la gérante avait fait le thé, beurré les tartines et mis le couvert. Pendant cela, Boulet-Rouge, toujours perplexe, repassait dans sa tête les divers moyens de détruire le nouveau-né.

Carapace et Arbre-à-Couche tournaient leurs pouces en causant des multiples évènements de cette journée.

Tout à coup, l'odeur du thé pénétra dans la chambre par les fissures de la porte. Boulet-Rouge ouvrit de larges narines et dit :

– Je vais mettre l'enfant vivant dans le cercueil. M. le duc aimera peut-être mieux l'avoir ainsi, pour jouir de ses souffrances. Allons prendre une tasse de thé.

– Y penses-tu ? s'écria Lina, nos visages sont connus…

– As-tu oublié l'eau qui change les physionomies ? interrompit Boulet-Rouge en haussant les épaules. Elle ne me quitte jamais. Approchez, je vais vous rendre méconnaissables.

Il tira de son gousset un flacon clissé et versa dans le creux de sa main quelques gouttes d'un liquide jaunâtre, dont rien ne saurait dire l'odeur. Il passa cette préparation sur son visage qui prit aussitôt l'expression d'un maraîcher.

Arbre-à-Couche et Carapace ayant subi une opération semblable ressemblèrent incontinent, le premier à son concierge, le second à une poire tapée.

Boulet-Rouge remit son flacon clissé dans sa poche et dit :

– La pharmacie fait d'étranges progrès. On vend maintenant des pilules graduées et numérotées de 1 à 43. Ce n'est pas cher. Le numéro 1 tue en une seconde, le numéro 2 en deux jours, le numéro 3 en trois, le numéro 8 en une semaine, le numéro 30 en un mois, et ainsi de suite. Chaque boite

56

est accompagnée d'une cédule werrant qui assure le remboursement et une indemnité, en cas de retard… Êtes-vous prêts ?

– Que faudra-t-il dire ?

– Il faudra dire comme moi… marchons !

Les Piqueuses de bottines réunies et surtout la jeune accouchée tressaillirent, à la vue des trois Pieuvres mâles de l'impasse Guéménée entrant ainsi dans l'atelier par une chambre qui n'avait pas d'issue. Mais l'eau qui change les physionomies avait produit un si merveilleux effet qu'Elvire ne les reconnut point. Néanmoins, à tout évènement, elle couvrit son visage d'un voile très épais.

Messa, Sali et Lina saluèrent poliment.

– Qui êtes-vous ? demanda la gérante avec défiance.

– Des passants, répondit Boulet-Rouge d'un air aimable.

– Êtes-vous venus par la fenêtre ?

– Précisément !

Et alors Boulet-Rouge raconta, avec une grande affectation de bonhomie, comme avaient été lancés par l'explosion à trente-deux mètres au-dessus des toits, comme quoi s'étaient accrochés au balcon, etc., etc.

C'était aussi vraisemblable, pour le moins que les aventures consignées quotidiennement dans les œuvres d'imagination dont les Amanda les Irma et les Anaïs nourrissaient leur jeune intelligence en lisant le feuilleton d'un des cent mille exemplaires du *Petit-Canard*. Elles trouvèrent cela tout simple, et la gérante se leva pour ouvrir aux trois inconnus la porte de l'escalier.

Mais ce n'était pas le compte des trois Fléaux de la capitale.

Boulet-Rouge reprit avec un sourire agréable :

– Nous sommes trois bons bourgeois, riches et même à notre aise. Pourquoi le hasard, qui nous a conduits dans ce charmant séjour, n'aurait-il pas de suites ? Célibataires tous trois, nous cherchons des fiancées dans Paris…

– Asseyez-vous, messieurs, interrompit la gérante.

Ils prirent place à table. Boulet-Rouge dissimulait avec le plus grand soin son cercueil d'enfant qui aurait pu le trahir.

Et à propos d'enfant, on s'étonnera peut-être de voir Elvire s'occuper si peu du sien. Elle était mère depuis une heure à peine. Elle n'en avait pas encore l'habitude.

Une gaieté franche et pleine d'abandon régnait en apparence dans l'atelier, mais, de temps en temps, Boulet-Rouge échangeait, en dessous, un sanglant regard avec ses complices.

Toutes ces malheureuses jeunes personnes étaient condamnées à mort par leur imprudence.

Au bout d'un quart d'heure, Boulet-Rouge s'écria :

– Vous avez pu juger l'amabilité de nos caractères. Ne faisons pas usage de l'étiquette du faubourg Saint-Germain, où l'on est des cinq et six jours avant de faire connaissance. Marions-nous tout de suite !

– Hélas ! pensa Elvire sous son voile très épais, nous ne perdîmes pas beaucoup de temps non plus, le Fils de la Condamnée et moi !…

Et sa tendre imagination lui rappelant tous les détails de la nuit de ses noces, elle tomba dans la rêverie.

Messa, Sali et Lina étaient des scélérats sensuels et déréglés qui joignaient volontiers au meurtre la débauche la moins excusable. Ils reculèrent la grande table à ouvrage afin de foire de la place, et bientôt l'atelier des Piqueuses de bottines réunies fut le théâtre d'un bal particulier, excessivement libre, où les gestes trop hardis se mêlaient aux plaisanteries du plus mauvais goût.

Cette petite fête de famille devait énormément influer sur le caractère et l'avenir d'une Anaïs, d'une Irma et d'une Zuléma. Ces trois jeunes personnes se reconnurent alors un talent chorégraphique dont elles n'avaient pu jusque-là se faire une idée. Elles eurent depuis un certain succès dans les bals de mauvais aloi et triomphèrent bellement, grâce aux savantes exhibitions des dessous de leurs jupes, bien avant celles que la danse décadente de nos jours a surnommé *Sauterelle* et *Grille d'Égout*.

Dans cette cohue, vous augurez quelle devait être la gêne d'Elvire.

Afin de n'être point embarrassé dans ses mouvements, Boulet-Rouge déposa sous la table son cercueil d'enfant. Personne n'y faisait attention. Tout le monde était au plaisir, et la gérante, nous avons le regret de l'avouer, donnait l'exemple de l'inconvenance.

Après la polka et le quadrille, les Irma, les Anaïs et les Amanda, demandèrent à boire.

D'un coup d'œil rapide, Boulet-Rouge rassembla autour de lui ses compagnons et leur glissa ces mots à l'oreille :

– En avant l'élixir funeste !

Puis tout haut, il s'écria, s'adressant à ces demoiselles :

– Il est une liqueur délicieuse inventée dans le silence du cloître par de saints religieux. Nous en portons avec nous quelques faibles échantillons. Le rhum est bu, mes charmantes, et le thé sans alcool est un breuvage des plus fades. Permettez-nous de payer notre écot en vous offrant une goutte de Carmélite, bien supérieure aux liqueurs de Chartreuse et de Bénédictine que l'on trouve dans le commerce.

– Payez ce que vous voudrez, répondirent les folles filles. Le plus sera le meilleur.

Alors Lina tira de sa poche la sinistre bouteille de fer blanc, tandis que Messa et Sali atteignaient leurs petits flacons en métal d'Alger.

Les malheureuses tendirent leurs tasses de thé, c'en était fait d'elles. Lorsque sous la table, du sein du cercueil d'enfant, un faible cri s'éleva.

Vous ne connaissez pas le cœur des mères !

Ce cri suffit pour rappeler au souvenir d'Elvire la naissance récente de son cher fils Virtuté.

Elle se mit sur ses jambes tremblantes arracha son voile et s'élança, semblable à une lionne, dans la chambre voisine où était le berceau.

Son mouvement avait été rapide comme l'éclair, mais rien n'échappait à Boulet-Rouge.

Ce malfaiteur imita le chant de la pieuvre femelle, appelant ses petits dans les profondeurs de l'Océan. Arbre-à-Couche et Carapace connaissaient ce signal qui annonçait une péripétie de premier ordre. Ils ouvrirent des oreilles attentives et Boulet-Rouge leur dit :

– Le voile épais cachait la bru de la Condamnée. L'héritier combiné de l'immense fortune des Rudelame et des magnifiques économies du docteur Fandango est dans mon cercueil !

À ce moment, l'infortuné Elvire trouvant le berceau vide, poussait un cri d'horrible douleur :

– Virtuté ! Virtuté !

Mais à ce cri, de l'autre côté de la rue, dans la retraite du vénérable Silvio Pellico, un second cri répondit :

– Avez-vous du vieux linge ? avait demandé le généreux Mustapha.

Il avait tout vu !

D'un coup d'œil et grâce à un rayon de lune, il avait reconnu la jeune madame Fandango et dans l'atelier même, trois des plus méchants carnassiers des impasses : Messa, Sali, Lina !

Nous devons spécifier ici, que l'eau pour changer les physionomies n'a pas un effet très durable. Il faut renouveler souvent.

Les trois Fléaux, d'ailleurs, voyant que la catastrophe approchait, ne prenaient plus la peine de dissimuler leurs pénibles desseins. À l'instant où le noble Mustapha les apercevait, ils tiraient de leurs poches, sans se gêner aucunement, des poignards, des armes à feu, quelques massues, des cordons à étrangler, des boulettes et même une certaine quantité de charbon d'Yonne, propre à déterminer l'asphyxie, pour le cas où tous les autres moyens leur manqueraient.

Nous savons que l'éminent cocher de citadine ayant franchi la rue de Sévigné passa au travers des châssis de la fenêtre comme un boulet de canon, sans se faire aucun mal.

Ce que nous ignorons, c'est qu'avant de pénétrer dans l'atelier, il se débarrassa de ses vieux linges.

Ce que nul ne peut deviner, c'est l'effet produit par son aspect soudain et complètement inattendu sur les trois Fléaux de la capitale, surpris ainsi dans l'exercice de leur coupable industrie.

Ce fut l'effet de la tête de Méduse !

Ce fut l'effet de la statue du commandeur !

CHAPITRE XI
La condamnée !

Dès sa plus tendre enfance, M. le duc de Rudelame-Carthagène avait eu cette tête de hibou. À l'école, autrefois, avant la Révolution, ses jeunes camarades l'appelaient le grand-duc, par allusion à l'oiseau qui porte ce nom. Ces railleries du premier âge sont dangereuses ; elles avaient peut-être influé sur toute la carrière de l'aïeul d'Elvire. À cet égard, néanmoins, nous n'affirmons rien.

En quittant la jeune accouchée de l'allée sombre, où il n'avait pu assouvir sa cruauté, il remonta la rue de Sévigné, cherchant un homme du commun à qui il put emprunter son costume.

Il en avait besoin pour ses projets.

Non loin de là, rue du Port-Royal, il aperçut un commissionnaire assis sur une borne. Il le tua aussitôt d'un coup de fusil à vent et le dépouilla pour se revêtir de ses hardes.

L'air était tiède et lourd. Le bisaïeul d'Elvire évita un rhume grâce à cette circonstance.

Il entra dans une taverne de l'impasse du marché Sainte-Catherine, où ses habits de duc lui auraient nui. Dans cette taverne se réunissaient habituellement les ennemis du docteur Fandango qui demeuraient dans le quartier. Il savait y rencontrer Coloquinte, du Plat-d'Étain, Sorribel, des Arts-et-Métiers et même peut-être Pile-de-Pont, le tigre de l'impasse où se trouvait la taverne. Par le plus grand des hasards, il ne trouva que Montaroux, un débutant ; simple chacal à la Villette.

Il se fit connaître de lui au moyen des signes du troisième degré.

– Maître, lui dit Montaroux, tous nos frères sont partis à la tombée de la nuit pour le palais de Rudelame-Carthagène qui est devenu la proie des flammes. Ce soir, à minuit, vous les trouverez dans les souterrains qui s'étendent sous le fleuve.

Le duc lui donna une bourse pleine d'or et répondit :

– Non loin d'ici, il existe une place de fiacres. Choisis un cocher ami des libations et attire-le dans un cabaret mal famé. Fais-le boire. Quand tu l'auras plongé dans l'ivresse, cache-le sous la table, après l'avoir préalablement poignardé…

Montaroux frissonna, car il n'était pas encore endurci.

Le bisaïeul d'Elvire laissa échapper un geste de mépris.

– Réprime ces frémissements insensés, si tu veux parvenir, poursuivit-il. Tu prendras les vêtements du cadavre ; à l'heure où je te parle, je porte les défroques de ma dernière victime qui probablement est encore chaude. On en prend l'habitude au point de ne plus pouvoir s'en passer... Te voilà tout blême, jeune homme. Si tu hésites, crains un châtiment sévère.

L'infortuné Montaroux, vit le crick malais qui sortait à demi de l'une des ex-poches du défunt commissionnaire. Il tomba à genoux.

– J'assassinerai le cocher, dit-il, quoiqu'ils soient tous père de famille !

– Très bien... Une fois couvert de ton déguisement, tu t'assoiras sur le siège du fiacre, à la place du mort et tu iras stationner au coin de la rue de Sévigné... Connais-tu la Maison du Repris de justice ?

– Oui, maître.

– Tu ne perdras pas un seul instant de vue la porte de cette maison, et si tu en voyais sortir une jeune femme, portant dans ses bras un enfant nouveau-né, tu donnerais aussitôt le signal.

– Quel signal ?

– Sais-tu imiter le cri du canard ?

– Oui maître.

– Imite ?

Montaroux imita. M. le duc fut satisfait.

– Tu as plus de capacité que je croyais, dit-il. Par trois fois, tu imiteras le cri du canard. Écoute. Tu surveilleras également la maison qui fait face. Si tu y voyais entrer Mustapha, ou quelque autre suppôt de Fandango, voici une chandelle romaine ; tu l'allumerais.

– Oui maître.

– Écoute encore. Chaque fois que tu verras passer un des nôtres, tu produiras le sifflement d'une couleuvre, il s'approchera, tu lui diras : le maître est au café de Rohan, vis à vis le palais Cardinal, à voir jouer une poule.

Après avoir prononcé ces paroles, le bisaïeul d'Elvire remit ses habits de duc et s'éloigna précipitamment.

Est-il besoin d'expliquer que les divers évènements, racontés dans nos premiers chapitres, disparurent aux yeux de Montaroux derrière l'immense voiture de vidange de la compagnie Lesage, nouveau système diviseur et inodore?

À cet égard, le meurtre du cocher fut inutile. Nous n'aurions pas pris la peine de le mentionner, s'il ne devait plus tard servir au développement de notre drame...

Dans un salon somptueux et nobiliaire de la rue de Grenelle-Saint-Germain, une femme d'un certain âge était demi-couchée sur un lit de repos.

Un jeune homme de vingt-huit ans, remarquable par sa beauté méditative, lui tâtait le pouls.

L'une était la princesse Troïka, propriétaire des mines d'or de Tobolsk ; dans l'autre vous eussiez reconnu le faux porteur d'eau des noces précitées : Coriolan des ruines de Palmyre, connu dans l'univers sous le nom de docteur Fandango.

– Docteur, demanda-t-elle d'une voix languissante, avez-vous deviné le mal dont je meurs?

– Oui princesse, répondit Fandango.

Elle le regarda d'un air d'étonnement qui n'excluait pas le doute.

– Princesse, reprit le docteur, comme répondant à ce regard, vous ne pouvez vous consoler de la perte de votre enfant.

– Ô ciel ! s'écria Troïka, homme surprenant, lisez-vous donc au fond des cœurs ?

– Mon art va jusque-là, madame.

Troïka soupira.

– Vous m'inspirez un tel sentiment que pour un rien je vous raconterais ma touchante histoire.

– Je suis un peu pressé... est-elle longue votre histoire ?

– J'abrégerai.

– J'écoute.

La princesse prit une posture à la fois agréable et commode, puis elle débuta ainsi :

– Mon père possédait la moitié des mines d'or de Tobolsk, le père du prince Troïka possédait l'autre moitié. Nous nous rencontrâmes dans une société choisie. Il me plut, je fus adorée par lui, les convenances y étaient, nous nous mariâmes. Il y a de cela trente ans moins six mois.

Fandango était distrait, il ne fit nulle attention à ce chiffre qui eut dû exciter son intérêt car ce fut vers la même époque que le travail de génération spontanée dût commencer à préparer sa naissance.

La princesse continua :

– Mon mari et moi, nous avions du goût pour les voyages. Nous résolûmes d'aller passer en Asie les derniers mois de notre lune de miel...

– En Asie, répéta Fandango qui songeait volontairement à son berceau.

– N'ayant pu obtenir la permission du czar, nous partîmes secrètement et nous apprîmes, sur les bords du Wolga, que l'empereur de toutes les Russies m'avait condamnée...

– Condamnée ! répéta encore le docteur.

– Il me trouvait belle, murmura Troïka en baissant les yeux, et il avait contre ma vertu des desseins coupables... Condamnée à mort, disais-je. Nous passâmes la frontière et parvînmes, après de longues traversées, jusqu'aux rives de l'Euphrate. Nous entrâmes en Arabie ; c'était là que le plus affreux malheur m'attendait.

Un soir, il y a de cela juste vingt-huit ans et neuf mois...

Fandango tressaillit si visiblement que la princesse s'interrompit pour lui demander :

– Docteur, qu'avez-vous ?

– Rien, fit-il, poursuivez !

– Je fus prise des douleurs de l'enfantement dans un lieu désert, peu éloigné des fameuses ruines de Palmyre...

Pour la troisième fois, le docteur interrompit et répéta :

– Les ruines de Palmyre !

Il devint plus pensif.

– Pendant que je souffrais, continua la princesse, notre caravane fut attaquée par les habitants voleurs de ce pernicieux pays, qui hachèrent en pièces notre escorte et se portèrent sur mes femmes de chambre à d'atroces extrémités. Ils empalèrent mon malheureux époux après l'avoir scalpé comme un Mohican et ne s'arrêtèrent même pas devant cet état critique où je me trouvais et qui inspire de l'intérêt aux cinq parties du monde. Ce fut au milieu de ces tortures que je mis au jour un enfant du sexe masculin...

– Ah ! fit Coriolan avec explosion, c'était un fils !

– L'auriez-vous connu ? demanda la princesse dans le naïf élan de son amour maternel.

Coriolan répondit d'un accent étouffé :

– J'ai fait plus !

Puis il ajouta, en proie à une indescriptible agitation :

– Madame, je croyais être le fruit de la génération spontanée, mais toutes ces circonstances sont tellement étranges... Mon berceau a été trouvé, il y a vingt-huit ans et neuf mois dans les ruines de Palmyre...

– Prouvez-le ! s'écria la princesse ! Fandango prit dans sa poche un petit morceau de marbre et dit :

– Voici un fragment de la colonne qui frappa mon premier regard !

– Je reconnais ce porphyre ! dit Troïka en un cri du cœur, mais j'avais pendu à ton cou un bijou de corail aquatique...

– Ma jeune épouse le porte sur son cœur interrompit Coriolan à son tour, et qui pourrait dire ce qu'elle est devenue.

La princesse prit un air froid, elle doutait.

Mais tout à coup elle sauta sur ses pieds et dit :

– Tu avais une marque de naissance. J'avais eu une envie d'écrevisses dans ces solitudes où l'absence d'eau les rend très rares... tu portais... mon fils portait une écrevisse à peu près dessinée, non loin du cordon ombilical !

L'épreuve était facile. Elle fut faite. La princesse Troïka et le docteur Fandango tombèrent dans les bras l'un de l'autre en murmurant des paroles inarticulées parmi lesquelles on distinguait :

– Mon fils !

– Ma mère !

Cette scène attendrissante se serait prolongée peut-être si elle n'avait été tranchée par un coup de foudre.

La porte s'ouvrit brusquement. Mandina de Hachecor, couverte de transpiration, de poussière, de sang et de larmes, mais belle encore, malgré tant de malpropretés, s'élança dans l'appartement.

Elle ne portait point de déguisement.

– Au secours ! râla-t-elle d'une voix étrange.

Puis se reprenant :

– Fils de la Condamnée, dit-elle, me permettez-vous…

– Je te le permets, répliqua Coriolan, tu m'inquiètes, parle !

Mandina aussitôt se remit à crier :

– Au secours ! au secours ! Ah ! quel affreux carnage ! tout est à feu et à sang dans la Maison du Repris de justice. Mustapha est blessé, le gendarme est massacré, le Rémouleur… et Elvire…

– Ma jeune épouse ! prononça Fandango en un cri terrible.

Les nerfs, déjà fort agacés de la princesse Troïka, n'y tinrent plus, elle choisit ce moment pour s'évanouir.

– Ma tendre mère ! fit Coriolan qui se précipita sur elle.

En tout autre moment, Mandina de Hachecor eût donné une attention extrême à cet épisode si dramatique, mais elle n'avait qu'une idée et reprit avec force :

– Chaque minute perdue avance le trépas de la bru de la Condamnée.

– Mais la voilà, la Condamnée ! s'écria Fandango dont la détresse était inouïe. C'est ma mère tout fraîchement retrouvée. Je ne l'avais pas vue depuis vingt-huit ans et neuf mois. Quelle est bien conservée !… ma mère ! … ma mère !… elle se meurt !… et là-bas, ma jeune épouse qui espère… à laquelle entendre !… cette situation est trop tendue !… ma mère !… ma femme !… ma femme !… ma mère !… Pitié !… Seigneur !…

Il resta un instant comme abruti, puis, sa vigoureuse nature reprenant le dessus, il prit Troïka dans ses bras et s'élança vers la porte en disant :

– Guide-moi, Mandina de Hachecor, j'ai résolu le problème. Je n'abandonnerai ni ma femme, ni ma mère ; je les sauverai toutes deux, ou elles mourront ensemble !

CHAPITRE XII
Atroce boucherie

Selon notre coutume invariable, nous allons retourner en arrière.

Le lecteur n'a pu oublier les lettres brûlantes, envoyées dans des noisettes à Elvire de Rudelame au temps où elle n'était encore que la recluse de la chambre nuptiale transformée en tombeau. Ces lettres nous ont laissé deviner l'état du cœur de Boulet-Rouge. Il aimait avec la fougue des bêtes féroces et jusqu'au point d'assassiner sa compagne pour convoler avec l'objet de son caprice. Cette circonstance aggravait sensiblement la position d'Elvire et c'en était fait d'elle, sans l'arrivée si brusque du généreux Mustapha.

Elle le reconnut d'un coup d'œil et sans avoir besoin d'autre témoin que ses yeux, parce qu'elle avait eu avec lui, antérieurement à son mariage, des privautés sans conséquence.

Mustapha, tout seul, valait très certainement trois pieuvres mâles par son intelligence, son instruction et son courage ; mais il était sans arme, et en outre son oreille de vieillard le gênait vaguement.

Messa, Sali et Lina, au contraire, étaient armes avec abondance, et le principal d'entre eux sentait sa vigueur doublée par l'aiguillon de son amour. Le combat était inévitable et s'annonçait comme devant être un des plus intéressants de l'ère moderne.

Mais nul n'aurait su augurer en ce moment, à quel degré d'intensité furieuse, ces circonstances allaient le porter.

N'en perdons aucun détail.

Aussitôt que leurs yeux se furent reposés sur le jeune cocher de fiacre, Messa, Sali et Lina poussèrent une triple exclamation, voisine de la stupeur. Mais Messa nommé aussi Boulet-Rouge, eut néanmoins la présence d'esprit de faire ce raisonnement :

– Son entrée n'est pas plus étonnante que la nôtre !

Pendant cela, Elvire balbutiait parmi ses sanglots :

– Mon cher cousin, sauvez Virtuté ! Il faut à nos poumons une certaine quantité d'air respirable, fixée par la science. Mon fils doit être gêné dans ce cercueil.

Ce serait une superfluité, croyons-nous, de vouloir mentionner minutieusement l'état moral des Piqueuses de bottines réunies. Ces filles du peuple étaient anéanties par la terreur.

Boulet Rouge eut d'abord l'idée de dissimuler. Il comptait sur son emplâtre de dimension inusitée pour n'être point reconnu. L'eau-qui-change-les-physionomies en avait, en effet, modifié la forme et la couleur.

– Cocher fidèle, dit-il avec une pointe de sarcasme, qu'est-ce qu'il y a pour votre service ?

– Rebuts d'une civilisation trop avancée, répondit sévèrement Mustapha, ne cherchez pas à m'abuser par des détours. Je devrais vous punir, sans autre forme de procès, puisque vous êtes venu ici dans la coupable intention de verser l'élixir pernicieux à tout un atelier de jeunes ouvrières, mais la chance des combats est incertaine, et mon plus sacré devoir consiste à sauver ma noble parente et son enfant. Je vous propose donc un arrangement particulier. Laissez-moi madame Fandango, née de Rudelame et son jeune fils, contenu dans le cercueil, je vous permettrai de vous retirer avec la vie sauve.

Un long éclat de rire accueillit ces paroles. Les malfaiteurs y virent une crainte cachée et cette erreur doubla leur effronterie. Boulet-Rouge ne daigna même pas répliquer. Pour bien montrer qu'il brûlait ses vaisseaux, il détacha son emplâtre, la plia et la serra dans sa poche afin de ne point la détériorer dans la bagarre, puis il déroula un long lasso, en cuir de buffle, fabriqué dans les parties les plus sauvages de l'Amérique du Sud et le lança avec adresse autour du cou de Mustapha.

Celui-ci eut le bonheur de l'éviter par un saut de côté qui le porta non loin de Carapace. Carapace était en garde avec une hache affilée comme un rasoir, il en asséna un coup terrible sur le généreux Mustapha qui l'esquiva et passa à portée d'Arbre-à-Couche.

Arbre-à-Couche avait choisi pour arme une scie, avec laquelle il essaya de séparer en deux parties égales le corps de son adversaire. Mais le fils du grand chef des Ancas profita de ce mouvement pour le saisir par les jambes et lui faire mordre la poussière.

Les Pieuvres mâles, dans leur rage insensée, imitèrent le cri de quelques animaux.

Mustapha, cependant, s'était emparé de la scie et, en trois traits, il avait verticalement coupé Arbre-à-Couche.

Elvire se prosterna et bénit le Seigneur. C'était prématuré. La hallebarde de Boulet-Rouge et le kandjiar de Carapace menaçaient déjà la noble poitrine de Mustapha.

Il scia d'abord la hallebarde en se jouant, puis, ramassant à terre le bon bout, il s'en fit une arme bien plus commode que la scie. Malheureusement, il ne put éviter l'atteinte du kandjiar qui se plongea en frémissant dans son abdomen.

Cette blessure le contraria, mais ne l'abattit point.

D'une main ferme, il contint les organes qui voulaient s'échapper par cette horrible plaie, et de l'autre, brandissant sa moitié de hallebarde, il fracassa les têtes de ses deux ennemis en un clin d'œil.

Elvire, toujours prosternée, remercia ardemment l'Éternel. C'était encore prématuré. Cinq coups de feu retentirent dans la chambre voisine, et le malheureux Mustapha, après avoir tourné rapidement sur lui-même et bondi jusqu'au plafond, tomba, baigné dans son sang. Elvire poussa un cri de détresse. Elle avait tort. La porte de l'escalier s'ouvrit, donnant passage au rémouleur, au gendarme, au joueur d'orgues, au prêtre éthiopien et au vénérable Silvio Pellico, que nous nous sommes promis d'appeler désormais le grand chef des Ancas.

Derrière eux venait le nouveau mari de la jeune Grecque Olinda. Nous ne sommes pas parfaitement sûrs du nom que nous lui avons donné, ce doit être Faustin de Boistord ou quelque chose d'analogue.

Rien de plus facile à expliquer que la venue de tous ces bons cœurs. Ils n'avaient eu que la rue de Sévigné à traverser et le lecteur pourrait même trouver qu'ils étaient en retard.

Mais les cinq coups de mousquet dirigés contre Mustapha ?

Ceci mérite un éclaircissement.

Nous avons déjà spécifié que la faction de Montaroux, l'assassin du vrai cocher de fiacre, avait été longtemps superflue, à cause de la voiture de vidange qui lui cachait l'entrée de la Maison du Repris de justice. Il n'avait pas, néanmoins, complètement perdu son temps. Du haut de son siège, il avait guetté les passants et arrêté tous ceux qui appartenaient aux ténébreuses associations, maladie de la capitale. Dieu sait qu'il n'en manque pas, la nuit, dans ces quartiers populeux. Au moment de l'explosion, Montaroux avait rassemblé autour de son fiacre dix-sept individualités déclassées, au nombre desquelles on pouvait compter Coloquinte, du Plat-d'Étain, Pile-de-Pont, le tigre de l'impasse du Marché Sainte-Catherine, Larribel, des Arts-et-Métiers et trois des onze serpents à sonnettes du pont de Notre-Dame, Croquental faisait aussi partie de ce club. C'était le dernier des Mohicans.

Ils étaient déjà las d'attendre et sur le point de se retirer, lorsqu'ils virent un corps étranger traverser la rue et percer la croisée du troisième étage de la maison surveillée.

Au vol, Croquental avait reconnu la taille et la démarche de Mustapha.

Montaroux alluma aussitôt sa chandelle romaine qui monta, étoile sinistre, vers les cieux.

Ne vous étonnez point du temps qui s'écoula entre ce signe et les cinq coups de mousquet tirés sur Mustapha. Il fallut d'abord trouver des échelles de cordes, puis envoyer des émissaires dans toutes les directions : les uns pour allumer de grands feux sur les montagnes, les autres pour sonner le tocsin aux paroisses, les autres encore pour prévenir à domicile les membres de la criminelle association.

Chacun comprenait qu'il s'agissait d'un cataclysme.

Montaroux se chargea lui-même d'aller chercher le duc de Rudelame au café de Rohan où il regardait jouer la ponte.

Ceux qui montèrent aux échelles de cordes étaient au nombre de dix. Ils portaient tous des carabines d'un nouveau système et des revolvers brevetés, le tout revêtu de la bénédiction papale. Pile-de-Pont avait en outre un sabre d'honneur.

Comme signe de ralliement, ils avaient adopté la fleur de pivoine et le cri du ramoneur savoyard.

Par une coïncidence au moins étrange, ils firent feu sur le glorieux Mustapha au moment même où les bons cœurs débouchaient par la porte de l'escalier.

Les deux partis se trouvaient ainsi en présence tout naturellement. Les bons cœurs, commandés par Silvio Pellico, doyen d'âge, les fléaux de la capitale par Coloquinte du Plat-d'Étain, qui avait été employé d'octroi.

Silvio Pellico, récemment grand chef des Ancas, dégaina le premier en criant :

– Malades du docteur Fandango !

Coloquinte arma son revolver béni en répliquant :

– Pieuvres mâles et vampires des différentes impasses de Paris !

– Nous venons sauver madame Fandango, ajouta Silvio Pellico.

– Nous venons, répondit Coloquinte, venger Messalina !

Alors, ce fut un choc effroyable, suivi d'une mêlée dont rien ne peut donner une idée, même approximative. L'affaire de l'explosion de la machine infernale n'était qu'un jeu de *baby* auprès de ce plantureux carnage. La bataille, qui avait commencé avec une vingtaine de combattants, se nourrissait incessamment de nouveaux venus. Olinda, la jeune Grecque, dont l'absence a pu être remarquée, était en effet partie avec Mandina et d'autres pour battre le tambour dans les rues et avertir ainsi les Malades du docteur Fandango.

De leur côté, les animaux féroces des impasses, au moyen du tocsin, des feux allumés sur les collines, des décharges d'artillerie et de prospectus avaient rassemblé les innombrables sectateurs du mal.

On accourait, on se pressait, de l'Orient et de l'Occident, du Midi et du Septentrion.

Paris, en cette nuit fatale, s'était divisé en deux vastes armées. Il ne restait dans les maisons que les paralytiques et les personnes à l'agonie.

Parvenues dans la rue de Sévigné, les deux queues distinctes ne se mêlaient point. Les ennemis de la morale éternelle et de la société montaient par l'échelle de corde, les bonnes consciences gravissaient les marches de l'escalier. Et toujours, et toujours !

On ne peut évaluer à moins de quatre cent mille âmes les membres actifs de ce prodigieux conflit.

Et jusqu'à présent, tout s'était fait avec un tel mystère, que la police n'avait pas le moindre soupçon !

Bien entendu, les malheureuses ouvrières, composant l'atelier des Piqueuses de bottines réunies, avaient été foulées aux pieds et écrasées dès le premier moment ; elles étaient maintenant enfouies sous les cadavres à une très grande profondeur, car le résidu de la bataille s'élevait jusqu'au plafond et les nouveaux venus, pour s'entrégorger, étaient obligés de se tenir à plat ventre.

Les trois apprenties chorégraphes, toutefois étaient parvenues à faire surnager la pointe de leur bottine droite.

Et des deux côtés, toujours, toujours, il arrivait du renfort, les pieuvres mâles par l'échelle, les cœurs loyaux, par l'escalier.

Le sang suintait comme la cuvée dans le pressoir.

Une chose singulière et même invraisemblable, c'est que Messa, Sali et Lina, malgré leurs affreuses blessures, étaient parvenus à se dégager. C'étaient des natures exceptionnelles. Ils s'occupaient tous trois à verser de l'élixir funeste et pernicieux dans les plaies béantes des blessés. Boulet-Rouge avait fait un paquet d'Elvire et du cercueil d'enfant. Il avait pendu ce paquet à la fenêtre, au dehors : de sorte qu'il était certain maintenant d'assouvir et ses désirs et sa vengeance.

Il ne restait plus qu'un espace de dix-huit pouces entre les cadavres amoncelés et le plafond, lorsque M. le duc de Rudelame-Carthagène, revenant de voir jouer la poule, fit son entrée à la tête de ses gardes particuliers. Ce devait être le coup de grâce, car les bons cœurs commençaient à faiblir. Tous nos amis étaient engloutis, excepté Silvio Pellico dont la tête respectable se montrait encore au-dessus du hachis humain.

Mais à cet instant suprême, un coup de tonnerre éclata du côté de l'escalier. Une grande lueur se fit : c'étaient les deux prunelles du docteur Fandango.

Il arrivait sans armes et portant encore sous son bras, sa mère chérie, la princesse Troïka, des ruines de Palmyre !

Tout changea de face aussitôt. Rien n'égalait la puissance de cet homme extraordinaire, dont nous n'avions pas abusé, parce que nous le gardions précieusement pour les effets de notre dernier chapitre.

CHAPITRE XIII
La poudre à dévoiler les trucs

Au seul aspect du Fils de la Condamnée, tenant son illustre mère sous son bras, tous les malfaiteurs s'enfuirent comme une volée d'oiseaux farouches. Le duc lui-même, dissimulant sa tête de hibou sous l'austère capuchon d'un moine, disparut par le plafond.

Boulet-Rouge avait pris les devants avec un paquet de taille considérable puisqu'il contenait, non seulement le cercueil d'enfant, mais encore l'accouchée de l'allée sombre. Fandango l'aperçut au moment où il s'évanouissait à travers l'épaisseur d'un mur. Un soupçon lui poignarda le cœur.

– Où est Mustapha ! s'écria-t-il de cette voix mâle et sonore que nous avons connue au faux porteur d'eau de la nuit des noces.

Personne ne lui répondit.

Il n'y avait là que Mandina qui cherchait parmi les dépouilles de quoi se composer un deuil pour la mort du gendarme, Olinda en quête de son Frigolin et le jeune Gringalet, lequel n'avait jamais connu les embrassements de l'huissier.

– Je veux Mustapha ! reprit le docteur Fandango. Il est l'homme de la situation. C'est lui qui possède la poudre pour découvrir les passages secrets.

Avec cette poudre, il faut bien le dire, on trouvait aussi les escaliers dérobés, les trappes et les double-fonds. Elle coûtait cher, mais elle était indispensable aux natures généreuses qui poursuivaient le crime à travers les mystères de Paris.

Silvio Pellico prit la parole, quoiqu'il eût des cadavres jusqu'au menton.

– Je ne sais si je m'abuse, dit-il ; peut-être mes malheurs ont-ils diminué ma sagacité, mais il me semble que mes pieds, autrefois si agiles, sont posés, à une grande profondeur, sur une figure connue. La vie sauvage que j'ai menée jadis, dans l'Amérique du Sud, aiguise et développe les sens. Mon orteil, encore très subtil pour son âge, croit reconnaître le généreux nez de Mustapha.

– Déblayez ! ordonna le Fils de la Condamnée. Quiconque me retrouvera Mustapha recevra, franco, tout ce qui a paru de ce roman en cours de publication.

Gringalet aimait les lectures qui exercent l'esprit en fortifiant le cœur. Il se mit à l'œuvre aussitôt, aidé par la jeune Grecque Olinda et Mandina de Hachecor. C'était peu : deux femmes et un enfant, mais Fandango les électrisait du regard et Silvio Pellico les intéressait en racontant ses infortunes.

En quelques minutes, l'atelier de feu les Piqueuses de bottines réunies fut débarrassé de toutes les matières organiques qui l'encombraient. Sous ces ordures, on retrouva, non seulement le noble Mustapha, mais encore le rémouleur, le joueur d'orgues, le gendarme et même Frigolin de Torboy. Ils se portaient tous aussi bien que le permettaient les circonstances.

En les voyant rassemblés encore une fois sous ses yeux, Fandango fit éclater sa joie. Il mit sa mère chérie en bandoulière, pour avoir désormais l'usage de ses deux bras et dit :

– Paris !

Les bons cœurs répondirent :

– Palmyre !

– Je tiens à voir vos cachets, dit encore le Fils de la Condamnée.

Ils se dépouillèrent, sauf Mustapha qui se borna à montrer son oreille de vieillard.

Fandango reprit :

– Je suis satisfait, aucun traître n'a réussi à se glisser parmi nous. Écoutez-moi bien. La Maison du Repris de justice où nous sommes est une des demeures les mieux machinées du Paris nocturne et mystérieux. Le nombre des passages secrets, trappes, pierres de taille montées sur pivot, plafonds mobiles, planches à bascule, murs où l'on marche, cheminées à ressort, armoires à escaliers, sarcophages, oreilles de Denys le tyran et autres oubliettes, y est littéralement incalculable. Nos ennemis sont disparus, mais je suis sûr qu'ils sont tous cachés dans l'épaisseur des cloisons. En conséquence, c'est le moment ou jamais d'utiliser la poudre à dévoiler les trucs !

– C'est le moment ! répliquèrent tous les bons cœurs d'une seule voix.

Et Silvio Pellico ajouta :

– Ou jamais !

Mustapha avait compris. Il sortit de son sein une boîte systématique, analogue à l'appareil connu sous le nom d'insecticide Vicat. Avec une adresse consommée, il mit en mouvement le petit soufflet dont il avait préalablement dirigé la bouche vers un coin de la muraille.

Au premier grain de poudre qui toucha le mur une porte apparut.

Mustapha fit glisser le soufflet : une seconde porte se montra, puis deux, puis trois, puis dix ! le mur n'était que portes, conduisant toutes dans des lieux inconnus.

L'assemblée fit éclater sa surprise et Silvio Pellico s'écria :

– Je n'ai jamais rien vu de pareil, moi qui ai régné sur l'Araucanie.

Mais le docteur Fandango ayant assujetti plus solidement derrière son dos sa mère respectée, réclama le silence d'un geste.

– Partisans de la vertu, dit-il, soutiens fidèles de la probité et de la délicatesse, nous allons entamer une œuvre difficile. Appelez les bons cœurs qui peuvent être restés dans l'escalier et attention au commandement. Je vais passer le premier, tenant d'une main cette torche, de l'autre ce javelot. Ma mère me suivra, puisque je la porte. Mustapha suivra, tenant ma mère par sa jupe. Le Rémouleur suivra Mustapha en le tenant par la queue de son habit. Le Joueur d'orgues... enfin, vous m'avez saisi. Cette façon de circuler que les enfants appellent la queue-leu-leu, nous est indispensable, pour ne pas nous perdre dans les incommensurables détours de cet hôtel. Le but de cette excursion est de trouver madame Fandango et son fils Virtuté. Y êtes-vous ?

– Nous y sommes ! répondit le chœur des amis de la générosité.

Sans plus de paroles, parmi toutes les portes, le Fils de la Condamnée choisit la plus secrète et l'ouvrit à l'aide d'un moyen particulier qu'il serait trop long de décrire. Cette porte était en cœur de chêne, munie de contreforts en acier. Aussitôt qu'elle eut roulé sur ses gonds, un air humide et glacé pénétra dans la chambre.

C'était une immense galerie et dont, certes, âme qui vive ne soupçonnait l'existence dans la rue de Sévigné. La voûte, en plein cintre, était supportée par un quadruple rang de colonnes qui semblaient appartenir à l'époque romane.

Au moment où le docteur Fandango mettait le pied sur la première dalle, des rires aigus éclatèrent à l'autre extrémité de la galerie. Il leva sa torche aussitôt et vit, dans un lointain confus, une sorte de danse macabre.

Parmi les figures qui s'agitaient dans ce sabbat, il crut distinguer une tête de hibou et une emplâtre de dimension inusitée.

C'en était assez. Il précipita sa course, suivi par sa mère et Mustapha. En approchant, il distingua les traits peu réguliers de Carapace et d'Arbre-à-Couche. Il put même voir que Boulet-Rouge portait toujours son paquet considérable.

– Marchons, s'écria-t-il ; à travers la toile de cette enveloppe, mon imagination en délire croit reconnaître le profil de celle que j'aime. Il n'avait pas achevé que tout disparut.

– La poudre !

Mustapha aspergea les dalles. La composition connue sous le nom de poudre-à-dévoiler-les-trucs a les inconvénients de ses vertus. Elle met à nu tant de mystères, qu'on est souvent très embarrassé pour choisir. Ainsi le loyal Mustapha ayant fait jouer sa petite manivelle, toutes les diverses colonnes montrèrent, à l'intérieur de leurs fûts, des escaliers dérobés.

Chaque dalle laissa voir un trou muni d'une échelle, dont quelques-unes pénétraient par leur pied jusque dans les profondeurs des eaux croupissantes. Mais la sagacité naturelle du Fils de la Condamnée était à l'épreuve de ces détails. Il alla droit à la dernière colonne et la fendit en deux en touchant un bouton de cornaline, travaillé curieusement. L'intérieur de la colonne renfermait des degrés en colimaçon. Le docteur descendit vingt-sept marches et se trouva dans une rotonde en marbre rouge, autour de laquelle étaient rangés vingt-quatre barriques en acajou portant différentes étiquettes, telles que : sang de femme, sang d'enfant, sang d'officier, sang de franc-maçon, etc...

Silvio Pellico ne put s'empêcher de murmurer :

– Ce Paris est vraiment cocasse !

Le docteur Fandango ne s'arrêta même pas. Il en avait vu bien d'autres dans sa carrière agitée.

Il traversa un pont de lianes, jeté sur un torrent tout blanc d'écume et pénétra dans une grotte de vaste étendue, dont les riches stalactites renvoyèrent en gerbes de lumière la rouge flamme de sa torche. Au bout de la grotte, il aperçut encore, au milieu d'une foule, grimaçant, M. le duc de Rudelame-Carthagène, entouré de ses trois Pieuvres mâles.

– À moi ! s'écria le Rémouleur.

Il avait fait un faux pas et la basque de l'habit de Mustapha lui était restée dans la main. Il prit l'autre basque et l'incident n'eut pas de suite.

La grotte ne contenait rien d'important, sinon un dépôt de substances vénéneuses à l'état brut. C'était le grenier d'abondance de la pharmacie du mystère. Silvio Pellico toujours soigneux, compta cent quarante-sept caisses d'arsenic et plus de mille bouteilles de strychnine, non encore épurée.

Venait ensuite un long couloir, défendu de distance en distance par des herses et des chevaux de frise. La troupe fidèle eut quelque peine à éviter les bascules, disposées avec beaucoup d'art. Des deux côtés du couloir, il y avait des râteliers pleins d'armes de guerre. Il se terminait par un mur que Mustapha saupoudra. Ce mur n'était qu'apparent, la composition chimique fit voir qu'il cachait un abîme insondable. Mais une sorte de sentier à pic, taillé dans le roc vif s'ouvrait à gauche du précipice.

Le docteur en s'y engageant, ne put s'empêcher de penser tout haut :

– Je ne prendrais pas volontiers cette voie périlleuse s'il ne s'agissait de mon fils unique Virtuté et de la bru de la Condamnée.

En effet, à peine nos intrépides amis avaient-ils commencé à descendre que Tancrède, dit Chauve-Sourire et quelques autres mauvais sujets, firent pleuvoir sur eux des fusées, de la poix bouillante, du plomb fondu, enfin tout ce qu'ils trouvèrent à portée de leurs mains.

Les défenseurs de la vertu en éprouvèrent quelques désagréments légers, mais Silvio Pellico qui avait fréquenté des Anglais nomades en Araucanie, ne marchait jamais sans son parapluie, et comme le sentier était vertical, ce meuble protégea toute la troupe.

Ils étaient dans les souterrains de l'arche Notre-Dame !

Après avoir traversé encore de nombreux corridors, au bout desquels ils apercevaient sans cesse les sectateurs du mal, reconnaissantes à la tête de hibou du bisaïeul et à l'emplâtre de Boulet-Rouge, après avoir franchi des précipices, monté et descendu une grande quantité d'escaliers, ils arrivèrent enfin dans un asile pittoresque au plus haut point et fort original qui servira de décor à notre dernier tableau.

C'était une salle en forme de nef ogivale, au-dessus de laquelle passaient les eaux du fleuve. La nuit avait cessé d'envelopper la terre pendant ce long voyage. À travers la voûte de cristal qui recouvrait la nef, à travers les ondes de la Seine qui roulaient au-dessus de la voûte, on pouvait jouir d'un joli effet de soleil levant.

Mais là ne s'arrêtaient point les étrangetés de ce curieux séjour.

La salle était entièrement bâtie avec des squelettes entiers et à jour, posés dans des attitudes variées et reliés ensemble solidement par un ciment peu connu. Il en résultait une architecture vraiment surprenante et qui ne manquait pas de grâce.

Les baisers du soleil marinier, caressant ces dentelles d'ossements, formaient des dessins d'une légèreté inouïe et qui rappelaient les découpures des boites de bonbons.

Vous eussiez dit un rêve de poète !

Silvio Pellico essaya de compter les squelettes employés à cette œuvre d'art, mais il n'y put réussir. Il vit seulement à certains signes que c'étaient tous des malades du docteur Fandango.

C'était la fin. Après cette salle magique, il n'y avait plus rien. Aussi les pieuvres mâles des impasses, chacals, mohicans, casquettes vertes et autres fléaux de la capitale étaient-ils rassemblés en bataille au milieu de la nef.

Devant eux se tenait le duc de Rudelame-Carthagène, vêtu du costume historique de Jean-Bart.

Ce costume était de circonstance. Le bisaïeul tenait en effet dans la main droite une torche allumée et posée au-dessus de quarante tonneaux de poudre fulminante.

Dans la main gauche, il avait une chaînette de platine, correspondant à une large soupape, ménagée dans la voûte de cristal.

Derrière lui, Boulet-Rouge tenait madame Fandango renversée sur une table de marbre.

La jeune femme allaitait son enfant.

Au-dessus de ce groupe, Arbre-à-Couche et Carapace brandissaient leurs stylets damasquinés !

CHAPITRE XIV
Catastrophe imprévue

Nous avons ménagé avec soin le crescendo. La situation est de plus en plus tendue.

Ces muettes et terribles menaces n'arrêtèrent nullement les bons cœurs.

Le Fils de la Condamnée fit tourner adroitement sa mère de son dos à sa poitrine et lui tâta le pouls.

– Elle est sur le point de recouvrer ses sens, dit-il. Finissons !

Il arrêta ses compagnons d'un geste et fit trois pas en avant.

– Duc de Rudelame-Carthagène, dit-il, rejeton d'une race souillée par tous les crimes, tu as fait accroire à madame Fandango que notre union était un inceste. Je te donne le démenti le plus formel. Ma jeunesse en sa fleur ne peut pas être le père de ta décrépitude. Veux-tu accepter contre moi un combat singulier ?

– Flûte ! répondit l'ancêtre. On vous prie de repasser !

Il ajouta d'une voix sarcastique :

– Où est ton livre, enchanteur à la douzaine, où est ta fiole qui parle ? où est ton cerf vivant qui a des cornes en strass ? Tu es ici chez moi, et tu vas mourir ! Ces galeries sont inconnues, même aux hommes d'imagination ! Elles sont bâties avec les os de tes clients, médecin de malheur, car tu as soigné et par conséquent conduit au trépas la moitié de la capitale. Regarde une dernière fois ta femme et ton enfant. J'ai à ma disposition le feu (il secoua sa torche) et l'eau (il tira sur la chaînette de platine et quelques chopines d'eau de Seine tombèrent de la voûte). À genoux ! charlatan ! ta dernière heure a sonné !

La princesse Troïka choisit cet instant pour rouvrir les yeux.

De son côté, l'accouchée de l'allée sombre poussa un gémissement étouffé.

– Ma mère !... ma femme !... s'écria le docteur Fandango en levant ses deux bras vers le ciel.

Mais cet homme unique à la volonté de fer ne pouvait se laisser longtemps abattre. Son esprit inventif avait de ces conceptions spontanées, sublimes et renversantes.

Se dressant de toute sa hauteur, son œil lança des flammes quand il dit, répondant à la dernière parole du bisaïeul :

– Je ne plie les genoux que devant le Seigneur...

Et sa voix se fit douce comme le miel quand il ajoute :

—... et devant ma maîtresse !...

Puis son organe prenant des intonations terribles, il continua avec fermeté :

— Cacochyme et coupable vieillard, la discussion ne peut durer un instant de plus sur ce ton. Rends-moi ma famille, je te l'ordonne... une fois, deux fois, trois fois... alors crains ma colère... En avant tout le monde !

Il bondit le premier.

À bas les mains ! cria une voix à la porte de la cave.

Deux sergents de ville entrèrent, suivis par quelques infirmiers.

Les fléaux de la capitale et les chevaliers de l'humanité se mirent à courir en tous sens, essayant de se cacher derrière les fagots...

Épilogue
Le scarificateur

Le lendemain, on lisait dans *le Scarificateur*, journal général de médecine et de chirurgie :

L'un de nos plus renommés aliénistes, le docteur Q.K. G... directeur de la maison d'O... T..., nous adresse la lettre suivante :

Monsieur le rédacteur,

Les feuilles du soir ont fait grand bruit de certaine aventure tragi-comique qui a mis, hier, en émoi, la tranquille population de la rue de Sévigné.

On a dit que tous les pensionnaires de mon établissement avaient pris la fuite et porté la terreur dans un quartier de Paris.

Ceci mérite explication.

Depuis quelque temps, j'ai été obligé d'ajouter à ma maison principale un pavillon destiné au traitement d'une maladie mentale qui semble affecter plus particulièrement les personnes des deux sexes, livrées à la lecture habituelle de certains récits que j'appellerai *les romans saignants*.

Les feuilletons du *Petit-Canard*, qui se débitent par centaines de mille, me fournissent spécialement la plus grande partie de ces cas particuliers.

Ce n'est pas tout à fait de la folie, c'est un ramollissement de la pulpe cérébrale qui se rapproche davantage de l'innocence.

Ces malheureux voient partout des poignards, du poison, des trappes, des pièges, des embûches de toute sorte ; Paris leur apparaît comme une immense ratière où l'on ne peut plus faire un pas sans rencontrer la mort.

Le feuilleton traitant des avortements, des vapeurs de charbon, des suicides par amour, nous amène quantité de jeunes filles dont l'innocence a été gâtée par ces lectures malsaines.

Ceux par contre où il est parlé de morts violentes par la noyade, les sauvages embuscades, les morsures d'aspic à tête noire, la strangulation, etc., nous font regorger immédiatement de vieillards et de jeunes hommes idiotisés par ces récits pernicieux.

D'habitude, mes pensionnaires sont bien tranquilles. Hier, malheureusement, le vieil infirmier qui les garde était de noce. Ils se sont échappés et sont venus jouer dans un taudis une scène de leurs drames favoris.

En somme, pour tous dégâts, il y a eu un carreau de cassé et le bris d'un loquet donnant accès dans la cave d'un rôtisseur. L'indemnité a été réglée et soldée.

Je vous prie, M. le rédacteur, de porter ces faits à la connaissance du public, en acceptant l'assurance de ma parfaite considération.

Signé : Q... K... C..., docteur-médecin, directeur de l'asile centrale d'O... T... pour les aliénés des deux sexes.